U0594126

读·品·悟在文学中成长

中国当代教育文学精选系列

丛书主编:高长梅　王培静

我去
天上白云飘

曾宪涛　著

花山文艺出版社

河北·石家庄

图书在版编目（CIP）数据

我去天上白云飘 / 曾宪涛著. -- 石家庄：花山文艺出版社，2013.12（2024.6 重印）
（读·品·悟：在文学中成长·中国当代教育文学精选系列 / 高长梅，王培静主编）
ISBN 978-7-5511-1520-9

Ⅰ. ①我… Ⅱ. ①曾… Ⅲ. ①散文集－中国－当代②小小说－小说集－中国－当代 Ⅳ. ①I217.2

中国版本图书馆CIP数据核字(2013)第259017号

丛 书 名：读·品·悟：在文学中成长·中国当代教育文学精选系列
丛书主编：高长梅　王培静
书　　名：我去天上白云飘
　　　　　WO QU TIANSHANG BAIYUN PIAO

著　　者：曾宪涛

策　　划：张采鑫
责任编辑：王　磊
特约编辑：李文生
装帧设计：北京九洲鼎图书有限公司
美术编辑：王爱芹
出版发行：花山文艺出版社（邮政编码：050061）
　　　　　（河北省石家庄市友谊北大街330号）
销售热线：0311-88643299/96/17
印　　刷：三河市中晟雅豪印务有限公司
经　　销：新华书店
开　　本：710mm×1000mm　1/16
印　　张：9.5
字　　数：120千字
版　　次：2014年1月第1版
　　　　　2024年6月第4次印刷
书　　号：ISBN 978-7-5511-1520-9
定　　价：49.80元

（版权所有　翻印必究·印装有误　负责调换）

CONTENTS

目录

第一辑　黑夜里的光

第二辑　老乡见老乡

CONTENTS

目 录

第四辑　你是我的眼

黑夜里的光

谁的礼物更珍贵

儿子贝贝就要过 10 周岁生日了,漂亮妈妈小兵跟爸爸大军商量如何给儿子过生日。

他们俩是大学同学,毕业后留在了同一座城市。双方的父母都在外地,只不过小兵的爸爸是部队里的高级干部,妈妈是一家公司的老总,而大军的父母都在偏远的山区农村。

贝贝周岁生日的时候,外婆寄来了 1000 块钱,而贝贝的奶奶只寄来一个包裹,打开一看,是一双手工做的老虎鞋。贝贝两岁生日的时候,外婆寄来 2000 元,而贝贝的奶奶寄来的依然是自己做的鞋,只不过鞋子又大了些。贝贝每长一岁,外婆的钱就增加 1000 元,而奶奶亲手做的鞋,也随着贝贝的脚丫在长大。

小兵每收到包裹单,就朝大军身上一丢,美丽的脸上显出一丝不屑。而每收到汇款单,就会得意地朝丈夫脸前一扬,说:“妈妈又多给了 1000元。”每逢这时,大军脸上都感到火辣辣的,好像矮了妻子一截,同时也感觉美丽的妻子一点儿也不美丽了。

奶奶给贝贝做的鞋,小兵从没给贝贝穿过,现在什么好看时髦的鞋没有,谁还穿那种老土鞋。漂亮妈妈怕儿子穿出去让人家笑话,所以,那些鞋一直还是崭新的,只是堆放在衣柜里占地方。

小兵就对大军说:"今年你给家里捎个信,叫你妈别给贝贝做鞋了,白费工夫。"

大军任由妻子数落,也不吭声。没过几天,包裹单还是来了。小兵从邮递员手里接过包裹单,还是和往常一样,朝大军怀里一丢,说:"你妈做的鞋,你去取吧。"大军脸上一红,折叠起包裹单,装进口袋,不满地瞪了妻子一眼。

第二天,邮递员又来按门铃了,这回送来的是汇款单。小兵接过了汇款单,故意逗大军说:"这回妈妈肯定寄来1万元,你信不信?"看丈夫没理她,便追过去,把汇款单递到他眼前说:"不信,你看看!"

大军本不想看,但还是无意瞟了一眼,突然抓过汇款单,仔细看了一遍说:"还真是1万元。"小兵道:"我说的吗,贝贝今年都10岁了,妈妈当然给1万了。"谁知大军道:"你再仔细看看吧,钱是谁寄来的!"说着把汇款单放到小兵手里。

小兵一愣,还会有谁寄钱,难道是老爸。她仔细看了一下汇款单,不由得大吃一惊,1万元的汇款,竟然来自大军的老家。只见留言处写道:军,以前家里穷,妈年年只能给孙儿做双鞋,可能叫你媳妇笑话了。今年家里养貂挣了大钱,你爸说给孙儿寄去1万元,补上这些年欠孙儿的一份心意。

小兵拿着汇款单,一时竟不知说什么好。她突然想起昨天的那个包裹单,问大军:"昨天寄来的包裹单是咋回事?你去取了吗?"大军这才想起口袋里的包裹单,掏出来展开一看,也愣住了,包裹竟是小兵家寄来的。只见留言处写道:兵兵,以前工作太忙,一直不能亲手给贝贝做点什么,欠外孙的太多。你不是说奶奶每年都给贝贝做双鞋吗,今年我退下来了,有时间了,也亲手给贝贝做了双鞋,做了好几个晚上,就当是对外孙儿这些年的补偿吧!不知合脚不?

大军看完留言,交给了小兵,小兵看着看着,竟落下泪来。

　　小兵取回包裹,拿出妈妈做的鞋给儿子穿上,对儿子说:"这是你外婆亲手给你做的。"贝贝穿上鞋,走了走说:"一点儿也不舒服,不如奶奶做得好。"

　　小兵打开衣柜,看着那一堆的鞋,想给儿子找一双穿,可惜都已经小了……

擦玻璃的妈妈

　　很晚,妈妈才回到家,一进门就兴冲冲地对孙亮说:"妈明天去你学校干活。"

　　"干什么活?"孙亮一愣。

　　"给你们教室擦玻璃。快过年了,学校怕你们擦玻璃不安全,来我们公司请保洁工,我一听是你学校,就主动要求去的……"

　　没等妈妈说完,孙亮突然大吼一声道:"妈——你能不能别去?别去给我丢人了!"

　　孙亮气得满脸涨红,这是妈妈没想到的,她还从没见儿子发那么大的火,她突然明白了,儿子是嫌她干清洁工难看。

　　明白了儿子的心思,妈妈一阵难过,她不是责怪儿子,而是怪自己没有本事,不能干一个叫儿子感到体面的工作。

　　孙亮家是单亲家庭,爸爸很早就去世了,妈妈一个人靠做清洁工把他拉扯大,妈妈唯一的希望就是他能有出息。好在儿子没叫她失望,考上了全市的重点中学,还是班里的尖子生。她多想去儿子学校,看看儿子是怎样读书的,可为了给儿子攒钱上大学,她只能拼命干活,连到学校开家长会的时间都没有。本来公司安排她到别处干活,是她主动找经理调换的,要是不去,该如何跟经理说呢?

妈妈怯怯地看着儿子:"公司都安排好了,明天我不去你的教室擦玻璃不行吗?"妈妈想得到儿子的许可,但儿子没搭理她,扭头钻进自己屋里。

第二天天空阴沉,北风刺骨,不久竟下起了雪粒,俗称盐粒子。寒风卷着雪粒子打在人脸上,不是雪花飘落的感觉。

孙亮坐在教室里,不时望望窗外,想到要来学校擦玻璃的妈妈,既心疼又害怕妈妈出现在窗外。

雪粒子打在玻璃窗上,发出沙沙的响声。就在孙亮又看了一眼窗户时,窗外出现了一个人影,那是一个清洁工,被一根安全带悬挂在玻璃窗外。

同学们都朝窗外看去,孙亮低下了头。清洁工穿着工作服,戴着大口罩,一绺头发还露在工作帽外。

清洁工开始擦玻璃了,寒风吹着雪粒打在她身上、脸上,虽然她戴着胶皮手套,但那沾了水的湿抹布依然叫人感觉到她手上的冰凉。她细细地、一遍遍地擦着玻璃,不一会儿,教室窗户变得干净、明亮了。

同学们都不时地看看擦玻璃的清洁工,唯有孙亮一直不敢朝窗户那边看,虽然刚才他看得不是很清楚,可他分明感觉那个清洁工就是妈妈,特别她额前的那绺头发,妈妈平时就是这样。

孙亮满脸通红,生怕同学们知道清洁工就是自己的妈妈。

这时,老师突然敲敲讲台说:"请同学们把注意力放到课堂上来,不要再朝窗外看了,这么寒冷的天气,有人为我们擦玻璃,为我们创造好的学习环境,同学们更要珍惜,不要再分心跑神了。"说到这儿,老师指着孙亮,"这一点大家要向孙亮学习,他就一直没朝窗外看……"

老师的表扬让孙亮的脸腾地一下烧起来,他感到全班同学的目光都集中到他身上,似乎同学们都知道了清洁工就是自己的妈妈。他真想钻到桌子底下藏起来。

同学们听了老师的话,不再朝窗外看,开始静静地听老师讲课。可孙亮的脑子里却是一片混乱,老师的话一句也听不进去。他只希望妈妈赶快离去,担心下课后同学们认出妈妈。他真有点恨妈妈为啥非要让他难堪。

下课铃响了,同学们跟老师道了再见,纷纷站到窗前看清洁工擦玻璃。

见同学们站到窗前,清洁工摘下了口罩。这时,只听班里最美的女生刘晓飞惊叫一声:"妈妈——"她拨开同学,扑向窗户。

窗户被打开了,清洁工解开保险绳跳进教室。刘晓飞不顾清洁工一身的泥水,与她紧紧抱在一起。

同学们都愣住了,孙亮也愣了。大家都知道刘晓飞的家庭是最令人羡慕的,爸爸是部队的军官,妈妈是公司董事长,而刘晓飞在同学们眼里就像个美丽骄傲的公主。眼前一身泥水的清洁工,怎么竟会是她的妈妈呢?同学们都围着她们母女俩,好奇地听着她们的对话。

"妈妈,你、你怎么成了清洁工,来给我们擦玻璃呀?"

"妈妈来为你们服务不好吗?妈妈早就想来了,来看看你们上课,来为你们服务,只是没有机会。"

"不是……妈妈,这到底是怎么回事呀?"刘晓飞不知如何表达自己的疑问。

刘晓飞的妈妈这才做了解释。今早她去下属的保洁公司检查工作,恰巧遇上一个女工跟经理请假,说不愿来学校干活,因为自己的儿子在这个学校上学。经理不同意,说人员都定好了,现在去哪里找人调换,还指责说是女工昨天主动要求的,现在临时变卦不行。那个女工急得都要掉泪了,她问明了情况,听说是去女儿的学校,就提出顶替那女工来了。

说到这里,妈妈慈爱地看着女儿又说:"你不是埋怨妈妈整天在外面忙,从来不管你吗,妈妈也觉得对不起女儿,心里有愧,这回就让妈妈来补偿一回,为你和你的同学擦一回窗户,妈妈要把你们教室的玻璃擦得又干净又明亮,让你们好好学习。"

刘晓飞听了妈妈的话,忍不住亲了她一下,说:"妈妈你真好!"

周围同学也都激动地跟着喊:"阿姨你真好!"

刘晓飞又拿起妈妈的手,心疼道:"这么冷的天,妈妈太辛苦了!"

妈妈说:"傻孩子,你哪里懂,做妈妈的为自己孩子服务,再苦也是甜,我在外面擦玻璃看着你们上课,简直就是一种享受,别人的妈妈还没这份福气呢。"

听了这话,孙亮不由得脸红到了脖子,好在没人看见,他急忙远离了同学们,一个人躲到一边,竟有一种想哭的感觉。

放学回到家,妈妈看到儿子脸色难看,小心翼翼地对他说:"妈妈今天请假了,没去你学校干活。"

儿子看着满脸皱纹的妈妈,知道她也想像刘晓飞妈妈一样,得到那种特殊的母亲的享受,然而妈妈却没有那个福气。

孙亮恨自己,恨自己的虚荣,恨自己没有出息,竟然嫌妈妈的工作丢人,他突然抱着妈妈大哭起来。

黑 夜里的光

　　小悦是个幸福的新娘,前不久,她和丈夫一起走进了婚姻的殿堂,开始了两个人的小世界。谁知没过几天,住在新房的小悦突然不自在了。

　　这天夜里,小悦推醒丈夫,紧张地说:"快看,那是什么?"

　　丈夫被小悦从睡梦中弄醒,勉强睁开眼睛,看到新房的墙上有一束光,泛着蓝色,一闪一闪的,马上松了一口气,说:"那是外面照进来的灯光,没事儿。"

　　小悦不干了,说:"灯光哪有蓝色的?你去看看到底是啥。"

　　丈夫起身来到窗前,撩开窗帘一看,原来是一辆警车停在街道路边,车顶上的警灯一闪一闪,射出蓝色的光芒,正好照在他们新房的墙上。

　　丈夫跟小悦说完,又躺下睡了。小悦却睡不着了,她盯着墙上闪烁的蓝光,感觉怪怪的,就像是蓝色的精怪在跳舞。

　　第二天晚上,那蓝色的光又出现在房间里,小悦无法入睡了。总感觉那蓝色的精怪在窥探自己的生活,就是蒙上头,那蓝色的精怪依然存在。丈夫看她失眠痛苦的样子,心疼地说:"明天咱们换个厚重的窗帘,就能把蓝光遮住了。"

　　小悦反对说:"不行,这窗帘是我花了好几天时间才挑选到的,你换个厚重的多难看,再说把新房搞得黑咕隆咚像什么样子,你不能想个别的办法？"

丈夫说："能有什么办法？那是警车，是维护社会治安的。"

小悦说："维护治安总不能扰民吧，你去跟他们说说，让他们把警灯关了嘛！"

丈夫虽不情愿，还是穿好衣服，下楼去了。他来到警车旁，红着脸跟警察说了新婚妻子因为灯光睡不着的事。那位警察一听就哈哈笑了，说自己也是新婚，理解。他接着解释说，这一带发生过几起刑事案件，为了震慑罪犯，公安局特地安排一辆警车在这里值守。说完，年轻的警察就把警灯关了。

丈夫回到家，屋里的蓝光消失了，小悦终于睡了个好觉，睡得又香又甜。

没想到，过了没几天，那束蓝光又在深夜里出现了，小悦又睡不着了。她下床走到窗前，掀开窗帘一看，那辆警车的灯又亮起来了。小悦穿好衣服，推醒丈夫，气呼呼地说："我下楼去问问警察，为啥要一再扰民。"

丈夫急忙穿衣起床，陪她一起去了。

两口子来到警车旁。那位执勤的警察认得小悦丈夫，一见到他们，便下车"啪"的一个敬礼说："实在对不起，又影响你们休息了！"

小悦不高兴地说："前几天你们不是把警灯关了吗，怎么又打开了？"

警察说："那天听了你丈夫的反映，夜里怕影响你休息，我们就一直没开警灯，可是，你们这里出现个特殊情况，所以才又开了警灯。"

警察告诉小悦，他们那幢楼上有位大姐，一年前，丈夫被歹徒杀害了，这位大姐带着7岁的儿子生活，很不容易。她是医院的护士，经常要上夜班，但每逢她夜班，儿子就不敢一个人在家睡觉，她不是把儿子放到这个熟人家里，就是把儿子放到那个亲戚家里，可自打警车停在这儿以后，儿子看见那束蓝色的光射进自己屋里，就再也不害怕了。只要能看到警灯上的蓝光，哪怕妈妈上夜班，他也敢一个人在家睡觉了。他说那蓝光就像动漫片中的宝剑，警察叔叔拿着剑在保护他呢。前几天警灯关了，这位大姐的儿子不乐意了，今天轮到大姐上夜班，于是，她找到警察，请求警察将警灯打开。

说到这，年轻的警察满是歉意地对小悦道："本想跟你们商量商量的，可又不知道你们住在哪个房间，实在是对不起了，影响了你们休息。知错犯错，我也是不得已，检查都写好了。不过，开警灯也就这一两天的事，那位大姐说了，她乡下的一位亲戚很快就能过来陪她儿子了。要不，等再晚一些，估计那位小男孩睡着了，我再把警灯关掉，你看好不好？"

"不，不！你千万别关了警灯，就让它一直亮着吧。"小悦被小男孩的故事深深打动了，她想起自己小时候走夜路害怕，一见到警察叔叔就什么也不怕了。

小悦拉着丈夫回了家，她躺在床上，看着那闪烁的蓝光，再也不觉得那是一个跳动着的精怪，而是和那个小男孩一样，感觉那是一把富有魔力的蓝剑，正在守护着自己的安宁和幸福……

好老师　差老师

田莉和田秀云都是英语老师，今年都到了退休的年龄。

田莉人长得漂亮，课教得也好，一直带重点班，是学校的骨干教师。田秀云一直带普通班，后来去了教导处。

有的老师就对田莉说:"你不会闲着的,学校肯定会返聘你,就是不来学校代课,找你辅导的学生也够你忙的。"田莉说:"教了一辈子书,不想再教了,退休后我就去参加老年大学的合唱团。"

说着就到了这批人退休的日子。那天,还叫同学们献了花,当时田莉都哭了,田秀云呢,倒很坦然,还笑嘻嘻的。

田秀云第二天就不来上班了。田莉因为还带着两个班的课,学校就叫她带完这学期,下学期再说。到了暑假,田莉的工作算是正式结束了,但她并没把办公室的东西拿回家,她认为下学期学校还要返聘她。

本来学校是打算留用田莉的,可现在毕业生太多,连博士生都来中学应聘了,上级要求不再留用退休教师,田莉也就没接到学校的返聘通知。那天,田莉来收拾东西的时候,办公室的老师不知该对她说些什么。

假期里还没啥特别的感觉,开学了,教师楼的老师们开始上班了,田莉一个人在家还真有点空落落的。

田莉和田秀云住同一幢教师楼,在院子见着了,田莉就问田秀云每天干什么。田秀云说:"买菜、做饭、洗衣服拖地,没闲着。"

田莉知道她不会清闲多久,一定会有很多学生找她辅导,上班时找她补习的学生就应接不暇,不是特别好的关系,不是好学生,她都不接。所以,田莉暂时还没打算去老年大学合唱团。

果然,就有家长来打听田老师家住哪,想请她为孩子补习英语。可奇怪的是那些家长大多带孩子去了田秀云家。有人就纳闷,就把这事告诉了田莉,说会不会他们搞错了。田莉只笑笑,心想搞错没关系,还会回来的。

可是,找田秀云的学生越来越多,找田莉的越来越少。人们都糊涂了,一个差班的老师,怎么会有那么多学生找她辅导,就有人怀疑田秀云是不是假冒了田莉的名,做了什么手脚。田莉开始还相信学生自会分辨出好老师、差老师,慢慢就信了大家的怀疑,对田秀云有了不满。

这天下午,田莉从外面回来。住一单元的张大妈指着她对一个孩子家长说:"那不,田老师来了。"

田莉走近一看,竟是以前带过的学生,孩子都上初中了。那家长见了田莉有些羞涩,田莉问她干吗,她说孩子成绩不好,找老师辅导一下。田莉说:"好吧,你打算什么时间来?"她支支吾吾,想说什么又没说出来,最后还是与田莉约定了孩子补习的时间。可是,那孩子来一回就不来了,后来张大妈遇见田莉时说:"你那学生去了那个田老师家。"田莉这才明白了,看来真是被田秀云挖了墙脚。有人对她说:"搞家教不比在学校教书要凭本事,搞家教跟做生意没啥两样,就看谁会忽悠了。"

田莉这回真有点恼了,她想问问那个学生,田秀云到底是怎么跟他们吹的,小孩子不懂,大人也不知道吗。

到了该送孩子来辅导的时间,田莉有意候在院子门口,还真就遇到了自己的学生。那学生的母亲显得很不好意思,叫孩子先走,没等田莉开口,便说了事情的原委。

她说女儿学习很笨,胆子又小,有问题都不敢问老师,可到了田老师那,女儿一点儿不怕了。她说的田老师当然是指田秀云。家长又说,田老师脾气真好,真有耐心,一点儿不嫌弃学习差的学生,到她这里辅导的都是学习不好的孩子,都说到了她那里再也不觉得自己笨了。最后她说:"田老师,你说是不是好学生适合好老师教,差学生适合差老师教?"

田莉被问住了。她知道学习差的孩子都怕老师,老师对他们也不耐烦,田秀云一点儿不嫌弃那些孩子,对这些学生来说,她就是最好的老师。

找田莉辅导的学生越来越少,最后已经没了固定的学生,因为好学生都在重点学校或重点班,学校抓得紧,课排得满满的,甚至连双休日都被占满了,实在没有时间再找校外的老师辅导。找田秀云辅导的学生越来越多。

田莉去了老年大学合唱团,她不光歌唱得好,舞跳得也好,日子过得很充实。

只是每每见到家长们带着孩子去上田秀云的辅导班,她心里便像飘过一片云影一样,飘过一丝惆怅。

给母亲买鞋

大雨结婚后,一直想把母亲接到城里来住几天,可母亲一直没来。直到妻子小雪生了孩子,需要有人伺候的时候,母亲才丢下家里的活儿来了。

开始,从山村来的母亲还不太习惯城里的生活,慢慢地才跟小区的邻居们混熟了。邻居们早晨去爬山锻炼,也叫上母亲。当然,母亲感兴趣的不是锻炼,而是爬山。母亲在家天天都在山里转悠,来城里不走山路了,还真有点想得慌。城里的山是不能跟家里的山相比的,小雪不明白母亲的这点想法,还跟大雨开玩笑说:"你妈也赶流行了。"

转眼母亲节就要到了,小雪对大雨说:"给妈买点东西吧。"大雨点点头。小雪问:"你说给她买什么好呢?她最喜欢什么?"大雨想了半天,也没想起母亲喜欢什么,小雪责怪他:"你看你这个人,一点儿也不关心妈!要不咱们问问她?"

两人一起来到母亲房间,问她母亲节想要啥礼物。母亲不知城里还有这个节日,说:"啥母亲节,俺啥都不要。"不过,小雪这时已有了主意,她看到了摆在母亲床下的那双严重磨损的旧鞋。出了母亲的房间后，她对大雨说："就给妈买双好的旅游鞋吧，她和邻居们爬山锻炼的时候好穿。"

大雨和小雪来到商场，转了所有的鞋柜，最后买了双三百多块钱的名牌旅游鞋。大雨知道母亲从未穿过这么高级的鞋，穿上一定会很高兴。

回到家里，两人拿出鞋叫母亲试穿，小雪还讨母亲欢心地说："妈，这双鞋是最新的款式，三百多块呢。"谁知正要试鞋的母亲听了这话，像是被蝎子蛰了一样，一下子把旅游鞋丢掉了。

"俺不要这种鞋，你看这鞋的样子多难看，像个鲇鱼头，这颜色，太鲜亮，哪是老年人穿的。俺不要，退了去吧。"两人再怎么劝，母亲就是执意不要，最后还说："人家肖婶买的鞋才30块，爬山可舒服了。"

两人面面相觑，只好去退鞋。小雪说："你妈咋不领情。"大雨说："你不该说鞋的价钱，俺妈一准是嫌贵。"小雪说："我还想再说贵点呢，没好意思说。给俺妈买东西，俺都往高里说，你说得越贵，她越高兴，没见过你妈这样的。""你妈是干部，俺妈是乡下人，能跟你妈比吗？"小雪狠狠地捶了大雨一下。

两人来到商场把鞋退了，大雨准备去处理柜台买肖婶穿的那双30块钱的胶底鞋。小雪一把拉住他："憨，那双鞋能穿吗？我们再买双别的牌子的，说30块钱不就行了。"

大雨开窍了，两人依旧买了双三百多块的旅游鞋，回到家里，小雪除去包装，提着双鞋来到母亲的房间，把鞋递给母亲说："妈，你要的，30块钱的鞋。"母亲接过鞋，有点不相信："咋不跟肖婶的一样？"小雪说："这是刚处理的，好多式样呢。"大雨也在一边说："妈你试试合适不，不行再换。"

母亲把鞋穿上，在地板上走了走，高兴地说："行，行，合适，合适。"

第二天一早，母亲就穿上新旅游鞋，跟肖婶她们爬山锻炼去了。大雨上班前,母亲回来了,好像很不开心的样子,因为要上班,大雨也没多问。中午下班回到家里,见母亲那双旅游鞋已刷得干干净净,放在了沙发上。

"这鞋太不合脚,硌得慌,你还是给退了吧。"母亲对大雨说。

母亲非要退鞋,大雨不知母亲怎么了,跟母亲抱怨道:"这鞋都穿过了,咋退?"母亲说她都刷干净了,看不出来。大雨哭笑不得,还想发脾气,被小雪拉到一边,小雪小声说:"刚才我下楼碰到肖婶了,她夸我真孝顺,给婆婆买这么高档的鞋,她看了好几回都没舍得买。"大雨什么都明白了。

鞋是不能退了,大雨说:"看你妈能穿不?"小雪撇撇嘴:"我妈才不要呢,没有包装,她还当你是从哪个地摊上捡来的便宜货呢,我还是留着自己穿吧。"

没有办法,第二天是母亲节,大雨拉着母亲一起去了商场,来到处理柜台,找到了肖婶穿的那种式样的鞋,一问价格,28 元,又便宜了两块钱。母亲高高兴兴地叫大雨把那双鞋买了回来。

如今,母亲就穿着这双处理的鞋去爬山,平时还舍不得穿,还一再对大雨两口子说:"这鞋真好,真合脚,穿着真舒服,赶明儿回家时,给你爸也买一双。"

儿子尽孝

　　李老汉家附近有个七岔路口，七岔路口边有家七来风早点铺，早点铺的包子、辣汤全城有名，来这里吃早点的人很多，还有特意打老远的地方慕名而来的。李老汉每天早上都要去七来风吃包子，喝辣汤。

　　这天早上，西北风飕飕地吹，刀子似的直往脖子里钻。李老汉又要去七来风，老伴说天太冷，劝他甭去了，李老汉不愿意，说："不吃七来风的早点，一天都过不舒坦。"说着，他就出了门。

　　来到七来风，里面已经坐满了人，李老汉找个位子坐下，一边吃着早点，一边和那些熟客们聊天。这时，一个年轻人蹬着三轮车来到七来风，一下子吸引了店里的顾客。车上坐着一位老人，老人全身上下围得严严实实，面前还摆放着一张小桌子。

　　年轻人把车停好，下车买了一盘包子，一碗辣汤，端到老人面前的小桌子上，站在一旁，看着老人一点点慢慢吃完了，给老人擦擦嘴，围好围巾，然后蹬上三轮车，沿着来路走了。

　　李老汉看得呆了：这个年轻人好孝顺呀！

　　从这以后，李老汉每天早上都能看到那个年轻人，蹬车带着老人来吃早点。七来风的常客们见得次数多了，也就议论开了：这老人显然是行动不便，又离不开七来风的包子和辣汤，儿子这样天天送他来，真不容易！众人不禁对这年轻人"啧啧"称赞。

每当这时，李老汉就想到了自己的儿子。他儿子很早就出国留学，毕业后居留国外工作，虽然挣钱很多，毕竟远隔重洋，等到自己不能动时，恐怕就没有那个老人的福气，享受到儿子的孝顺了。

当天晚上，李老汉跟国外的儿子通了电话，跟儿子说起那个有孝心的小伙子，末了，他问儿子："如果哪天我不能动了，谁来给我尽孝？"

儿子在电话那边沉寂半晌，说："爸爸，到时候我会给你寄很多钱，你就请个保姆吧。"

听了儿子的话，李老汉叹口气，就搁下了电话。

没想到过了没多久，李老汉竟中风，住进了医院，出院后，腿脚已行动不便，只能坐轮椅了。儿子知道后，寄回了一大笔钱。

李老汉还想去七来风，可行动不便，就想起了那个孝顺的年轻人，心里好生委屈。老伴安慰他说："咱儿子也不是不孝顺，实在是回不来，就用他寄回的钱到家政公司请个人，天天推你去七来风，就当是儿子在尽孝道。"

老伴就去家政公司登了记，第二天一大早，家政公司安排的人就来了，李老汉一看，愣了，来者竟是那个受人称赞的年轻人。

"怎么是你？你怎么不送你父亲去七来风了？"

看年轻人不明白，李老汉就说起每早见他蹬三轮送父亲到七来风的事，年轻人恍然大悟道："你说的是一个月前的事吧？那位老人不是我的父亲，是我们公司的一个客户，他儿女都在国外，就找我照顾他，前不久，他被儿子接到国外去了。"

李老汉听罢大惊，想想的确是一个月前的事，自己住院就住了一个多月。

此后，每天一大早，那个年轻人就准时来到李老汉家，推他去七来风吃包子，喝辣汤。常有七来风的顾客对着他们指指点点："啧啧，这才叫孝道！老汉好福气。"李老汉听了，好不开心。

春节前夕,李老汉儿子从国外回来探亲,看着坐在轮椅上的父亲,儿子很难过,说自己不孝,不能照顾父亲,没尽到儿子的责任,想把二老接到国外去。

没想李老汉连连摆手说:"别别,我现在过得挺好,你把我接到外国,我咋到七来风吃包子、喝辣汤。"

老伴也笑了,对儿子说:"你在外面就安心工作吧,家政公司那个小伙子每天都来照顾你爸,挺周到的。"

看两个老人这么说,儿子很感动,也放心了,但心里还是有点酸酸的,眼角噙着泪,却没掉下来。他忽然想起什么,从皮箱里拿出一盒礼品和一沓照片,对父亲说:"我回来时有位老乡托我打听一个家政公司的年轻人,说他父亲在国内时一直是他照顾的,细致入微,就跟自己的儿子一样,现在他父亲出国了,还时时惦记那小伙子,这是他父亲在国外的照片,想送给他看看,叫他放心,还带给他了盒礼物。"

李老汉接过照片一看,哈哈笑着说:"你不用打听了,这个老头我认识,那个年轻人明早你就能见着他。"

十年之约的珍宝

纵毅跟傅景玮是从小一块玩的伙伴。傅景玮是独子,父母都是知识分子,很少与外人来往,后来不幸相继过世,都是纵毅帮着料理的后事。

父母都不在了,傅景玮决定出国,临走前,他把一个用紫绒布包裹着的匣子交给纵毅说:"这是我家祖传的珍宝,不方便带出去,就送给你吧。"纵毅听说是他家祖传的珍宝,说什么也不愿要,推来让去,最后说好,这东西先由纵毅代为保管,若10年内傅景玮从国外回来,珍宝就完璧归赵;若10年内傅景玮没回来,珍宝就归纵毅所有。

傅景玮一去杳无音信,转眼10年过去了,10年来,纵毅从没打开过那个匣子。去年,纵毅下岗了,就在路边修自行车,妻子蒸馒头卖,挣钱不多,但也过得去。可眼下,纵毅碰上两件难事:一件是儿子要上大学;还有一件,他们住的老房子要拆迁,拆迁户全安排到郊外,要想住在原址,还要再花上十几万。纵毅愁坏了,最愁的还是怕傅景玮回来找不到他。妻子听纵毅说起傅景玮,想到那件珍宝,道:"你俩不是说好傅景玮10年不回来,宝贝就归你了,现在都10年多了,你看看到底是个什么宝贝,要是能卖个好价钱,咱家的事不就全都解决了。"

纵毅狠狠瞪了妻子一眼,妻子便不说话了。为了省钱,纵毅叫儿子报考了本地的大学,房子拆迁后,全家搬到了城郊,纵毅就在原住处的附近摆了一个修车摊,把自己的名字和新住址都告诉了拆迁办的人,好让傅景玮回来能找到他。

修车摊旁有个报亭,纵毅跟报亭主人很熟,没活时常翻翻他的报纸,这天报上登了一张照片叫他愣住了,照片上那个与市长合影的外商竟然是傅景玮!

纵毅又惊又喜,报上说傅景玮是回国投资建设家乡的。他回家告诉了妻子,妻子也跟着他高兴。纵毅从此一大早就赶到新建小区门口,很晚才收摊回家,就等着傅景玮来找他。可是一个星期过去了,傅景玮也没有来。

妻子说:"他早把你忘了。"

纵毅说:"不可能,他忙,忙完了一定来找我。"

纵毅每天都翻报纸,报纸对傅景玮做了跟踪报道,说他到这儿参观到那儿参观。纵毅想傅景玮是够忙的,等忙完了他就会来了。

谁知这天报上说傅景玮于次日就要乘飞机离开了,就是说今天是傅景玮留在家乡的最后一天了。纵毅一整天都在等,可直到天黑,也不见傅景玮来。看来妻子说得没错,傅景玮是把他忘记了。纵毅打听到傅景玮住在云龙湖畔的开元宾馆,忙回到家里,取了那个紫绒布包裹着的匣子,骑车直奔云龙湖畔。

进了开元宾馆,服务员带纵毅来到傅景玮的房间,他站在门口不敢进去。傅景玮迎出来,叫纵毅哥。他看清了,是傅景玮,样子没怎么变,只是气派不同了。纵毅走进房间,把紫绒布包裹的匣子放在茶几上:"我是还你东西来的。"

傅景玮看着纵毅,吃惊道:"怎么,难道你没把它卖掉?"

"卖掉?你把我当成啥人了,这里面是什么东西我也没见过。"纵毅对傅景玮的话很生气。

傅景玮满脸疑惑地看着纵毅……

出国后不久,傅景玮无意间进了一家古玩店,想不到竟看见了他家祖传的玉瓶,他问老板,老板说是才从中国购来的,那正是他送给纵毅的宝贝,他没想到纵毅这么快就给卖了。

傅景玮在国外有个远房姨母,姨父是个华裔商人,很赏识傅景玮,还把独生女儿嫁给了他。后来,傅景玮又找到那家古玩店,可玉瓶早已被人买走了。

纵毅终于明白了傅景玮为什么不来找他,他指着那个匣子对傅景玮说:"你打开看看,如果玉瓶在,咱俩还是兄弟;如果不在,你就不要再认我这个哥。"

傅景玮不相信玉瓶还在,当年他可是看得真真切切,他望着纵毅涨红的脸道:"当年我们约好,10年后这东西就归你了,我信哥的话,你拿回去吧。"

可纵毅说什么也不干:"你不打开,我来打开。"

纵毅揭开绒布,打开匣子,两人都呆住了,匣子里竟是一块瓶子形状的泥巴。纵毅脸色难看,扭头走了。

纵毅骑车在湖畔上,羞愧难当,真想一头栽下去。他想不通匣子里的宝贝怎么会变成泥巴,一进家就质问妻子,妻子委屈道:"谁敢动你的宝贝!"

第二天,纵毅没出摊,没想到傅景玮竟找上门来。

"纵毅哥,昨晚你跑那么快,我追也没追上。"说着傅景玮打开那个匣子,拿出一个玉瓶,"东西完好无损,当年是我看错了。"

纵毅吃惊地看着傅景玮,不明白是怎么回事。傅景玮告诉他,这玉瓶是他们家人在外面裹了一层泥巴,一是为了防盗,二是对玉瓶起保护作用,放在水里一浸,泥沙便全都脱落了。"我把这事儿给忘记了,所以昨晚看到泥巴时,也愣了,等你出门后才想起来,已经追不上你了。今天一早,我找到原来住的地方,才知道你住这儿……听说你跑那么远摆摊就是为了等我……"傅景玮眼圈一红,说不下去了,"纵毅哥,我误解你了,你永远都是我的好哥哥。"

纵毅激动地只会说:"这就好,这就好……"

傅景玮要赶飞机,准备离开了,他告诉纵毅不久还会回来。

傅景玮出了门,外面还有人在等他,汽车开走了,纵毅一直追着汽车挥手,傅景玮眼睛模糊了。

就在昨晚,纵毅刚刚离开他的儿子就进来了。儿子告诉傅景玮,玉瓶是他拿走的,那时候他还小,趁爸妈不在打开了匣子,看到是个花瓶便拿去玩,却被一个人用玩具手枪换走了。他怕爸爸发现匣子空了,就用泥巴捏成玉瓶的形状放进匣子里,长大后才懂得这件东西对爸爸有多珍贵。"傅景玮叔叔,这些天他知道你来了就一直念叨着要把东西还给你,这是他现在最大的心愿,他一辈子也没干过对不起人的事……傅景玮叔叔你要怪就怪我吧,千万别把真相告诉爸爸,他知道了要崩溃的。"他还以为爸爸没有打开那个匣子。

纵毅儿子走后,傅景玮苦思了一晚上,才编出这么一个破绽百出的谎言,他知道这个谎言也只有纵毅才会相信,但愿这个美好的谎言永远不要让纵毅知道真相。

傅景玮虽然失去了祖传的珍宝,但他得到了世上无论什么样的稀世珍宝都无可比拟的东西。

何 老 师

何老师是我中学时的数学老师,已退休几年,现在和我住一个小区。

何老师本来就身材瘦小,现在更瘦了。他有糖尿病,手脚起皮,两手白花花的,像是沾满了粉笔灰。

每遇到他,总见他挎个布包,包里凸显出酒瓶的形状。问他干吗去,要么回答买啤酒,要么回答卖酒瓶。尽管不好意思,还是如实回答。他告诉我他酒瘾很大,现在病重,医生不准喝白酒,便改喝啤酒,每天两瓶,他怨恨自己酒瘾为啥那么大,又不当官。

何老师有两个孩子,小的在外地工作,大的是个女儿,好像有点毛病,个子长不高,学习也不行,只上到初中毕业,就在我单位的食堂找了份工作，三十六七了还没成家。何老师最操心她。他女儿我认识，她也知道我是她父亲的学生，我去食堂买饭，她只会对我笑笑。何老师说，医生说她不能结婚。何老师还说自己是活不长久的，最放心不下的就是女儿。

那天下班回来，妻对我说，何老师老是在咱家窗前转来转去，好像有什么事。我忙站到窗前，果然见何老师又转回来了，他肩上没有挎布包。

我朝窗外，何老师，有事吗？

何老师看见了我，道，我去你家里说。

我打开门，何老师进来，就在茶几旁的小凳上坐下。我叫他坐沙发，他摆摆手，我拿烟给他，他也摆摆手说，只喝酒不抽烟，接下来问我，结果出来吗？

他一问，我才想起最近单位要裁员，还要裁很多，闹得人心惶惶，毕竟我们是国有企业。

裁谁不裁谁是头头最头疼的事，谁都不想得罪人，单位领导便采用了现在流行的做法，先由基层各部门员工投票，最后再由领导确定。按老百姓的说法就是投票选下岗的。

我在单位负责技术工作，裁员不关我的事，就没把这事放在心上。现在想起何老师女儿也在裁员的范围中，今天就要出结果了。

几天来，他们家一直在坐卧不宁的煎熬中等待着今天的结果。

雯雯太老实，也不会为人，投票肯定会被投下来。何老师满面忧愁地问，不知结果出来吗？

还没听说。我安慰老师，雯雯那么能干，领导会掌握的，她不会下来。

何老师摇摇头。我忽然想起什么又问，你没找过启华吗？启华是我们单位老总，也是何老师的学生。

何老师说没有。

为啥不跟启华打个招呼？

他叹了口气，那怎么好意思……

有啥不好意思？他再是老总，你也是他老师。

何老师表情极为难堪。看得出他心里的矛盾，既不愿做这种事，又怕对不住女儿。他摇摇头说，当老师的怎么能找学生走后门，她妈这两天一直跟我吵，骂我没用。

我说，你该早提醒我一下，我来跟启华说。

何老师摆摆手，站起身要走，不知结果啥时候能出来？

我说，你等等，我问问启华。

我拨通了启华的电话，问他裁员名单出来了吗。启华问我问这干啥，我直接问，何老师的女儿雯雯怎么说？那边低声道，没有她，我这里还有人，回头再说。电话挂了。

何老师一直眼巴巴地看着我打电话，当我放下电话告诉他裁员名单没有雯雯时，他脸上两行泪无声地流了下来。妻递给何老师一条毛巾，何老师擦了把脸说，这下放心了，雯雯要是下岗了，我也没法活了。

何老师连声说着谢谢走了。

后来我见到启华时，他告诉我，要是按票数，何雯真要下岗了，我给动了一下。我说，何老师说他不好意思找你。

启华说，不找好，不找好，我心里有数，你不要告诉老师，千万别叫老师谢我。

我拿不准该不该把启华动手脚的事告诉老师，在路上遇见老师，犹豫了很久，最后还是说了。老师听后突然站住，看着我道，我该怎么办？我说，启华说千万别谢他，免得传出去叫他被动。老师怔了怔，说不是这个意思……

老师没说什么意思，心事重重转身走了。我被弄得莫名其妙。

第二天，何老师就找我来了，说他昨晚一夜没睡好觉，说着从布包里拿出两瓶酒,竟是两瓶茅台,很老很老的包装。何老师告诉我,这还是你们上学那时候一个学生家长送到我家的,感谢我对他孩子的辅导,当时我没在家,他放下酒就走了,我到底也不知道是谁送的。何老师又说,多少年来,这酒我一直没舍得喝,你拿去送给启明,问问他是用谁换下了雯雯,求求他,叫人家上岗,不然……不然我这往后的日子都不会安心的。

这是我无论如何都不会想到的,看着老师那无法拒绝的眼神,只好同意了。

我把酒放在启华桌上,把老师的话对他说了。启华看着酒,看了良久,我本以为他要责怪我,没想到启华对我道,你叫老师安心吧,没人换下雯雯,完全是按票数来的,我根本没动手脚。

我愣住了,转身要走的时候,启华又叫住了我,知道当年这酒是谁送给老师的吗?

我转过头,惊奇地看着启华……

半晌,启华对我摆摆手说,你先回吧,等有时间我和你一块儿去看看老师。

新年贺卡

新年近了,随着窗外纷纷扬扬的雪片,老师们都陆陆续续收到了已毕业的学生寄来的新年贺卡。有爱炫耀的女老师边看贺卡,边朝大家说:

"瞧这家伙写的,你们听听……"于是便诵读那些炽热的句子,"现在可能是混好了,忘了当年怎么气老师了。"其他老师也都跟着附和,或说自己收到多少贺卡,或读学生给自己的问候,无非都在表示自己跟学生的关系有多好,多受学生喜爱。

办公室里,唯有身材高大,头发花白的张老师坐在办公桌前一言不发,他双眼微闭,用手抵着额头。

老师都有自己偏爱的学生,可张老师没有,他对学生一视同仁,没有特别偏爱的,也没有特别讨厌的。只是学生都怕他,除了问问题都躲着他,所以毕业过的学生从没有人给他寄过贺卡。

当然张老师也收到过新年贺卡,那都是以班级名义集体送给老师的,老师们从不把那种例行公事的贺卡当一回事,甚至连看也不看就当废纸处理了。

有人看到张老师的神态,便在背后挤眉努嘴。张老师为人迂腐,有时还有点不近人情,老师们都不太喜欢他,背后常拿他的事取笑他。

小苏老师坐在张老师的对面,每看到这种情景,心里就有点难受。小苏刚来时,张老师是她的指导教师,她一直觉得张老师是个好人,现在像他这样的老派知识分子真是不多了。元旦过后张老师就要退休了,小苏多么希望在他教师生涯的最后一个元旦,能收到一份学生的问候——不是那种例行公事的贺卡。

小苏老师突然冒出一个念头,何不叫自己班毕业过的学生给张老师寄一张新年贺卡。她翻到一个学生的手机号码,给他发了个短信。

接下来的日子,小苏每天都在等待着这张贺卡。

这天,收发员来到办公室,小苏忙上前接过信件,终于看到了自己学生寄来的贺卡。小苏拿起贺卡,故意高声道:"张老师,您的贺卡!"

张老师坐在办公桌前一愣,其他人也感到都惊奇,有老师还凑过来看那张写着"高一办公室张老师收"的贺卡。高一办公室就一个张老师,当然是他了。

张老师接过贺卡,两手微微颤抖,小苏能感觉到他的激动,毕竟在退休之前,有学生寄来了问候。

可是等到办公室只有他们两个人时,张老师来到小苏身边,把那张贺卡递给她说:"小章,贺卡是寄给你的,这个学生我没教过,是你带的学生,考上的是一所师范大学,我印象中你还找他谈过话,他大概是把你的章写成了我的张。"

解释一下,其实小苏名字叫章小苏,大家觉着小苏好听,就这样叫了,唯有张老师叫她小章。

小苏满脸通红,她竟然没有想到这一点,更没想到张老师这么大年纪,却对别人班的学生还记得这么清楚。

"小章,告诉你这个学生,不能再这么马大哈,将来当了老师这可不行。"

他还为学生想到了将来,小苏感动得不知说什么好。走开时,张老师含糊不清地说了句:"谢谢你小苏……"

这是张老师第一次叫她小苏。小苏懂他的意思,知道他心里什么都明白,她后悔自己干了件蠢事。

元旦过后就要放寒假了。张老师已办妥了退休手续,寒假后就不来上班了。放假前的那天,张老师边收拾东西,边与大家告别,虽说他与大家的关系都很平淡,可毕竟相处多年,每个人心里都有一丝说不出的惆怅。小苏过去帮张老师收拾东西,只见他从办公桌的抽屉里,竟拿出几大叠贺卡来。

小苏惊住了,那都是多年来他所带的班级,集体送给他的贺卡,他全都保留着,大概也唯有他会保留这些贺卡。他把那些贺卡全都小心翼翼地装进包里,离开的时候,那个装满贺卡的包就背在他身上。

小苏在后面看着,泪水竟差点没涌了出来。

送走张老师后,办公室里的气氛有点凝重,其实,别的老师也都看见了那些贺卡,只是这一回,没有人愿意说出来拿这事笑他。

电话丢不了

有这么一对夫妻,男的爱贪小便宜,女的有点爱唠叨,还带着点蛮不讲理。

这天,男的从外面回来,一路上还高兴地哼着小曲,一准是赚了什么便宜。可还没等进家门,就听见老婆在屋里数落女儿,顿时,满身的兴奋劲一扫而空。这男的最怕听老婆唠叨,一天到晚,她不是数落女儿就是数落自己,一张口便没完没了,你要回她,她根本不给你讲理。这回,不知女儿又哪里惹着她了。

进了屋,从老婆的唠叨中,男的总算弄明白了,是女儿骑车与人相撞了,腿上划破了皮,渗出了血。老婆埋怨女儿不该叫撞她的人走,应该叫他带去医院拍个片子,好好检查检查。

女儿说撞车也不怪人家,是自己撞了人家的车,那人还急忙把车甩到一边,扶她起来,问她摔得咋样,要送她去医院,是自己不愿意去的。

女人说:"我就不信有这么好的人,你撞了他,他还要送你去医院,你干吗不叫他送你去?这要是骨折了咋办?你个傻妮子,他要是真好心就该送你回来,谁撞谁还说不定哪,这会儿你上哪去找他?"

没想到女儿说："人家还给我留了电话号码，他见我不愿去医院，就说他急着有事，叫我万一有什么不好，就给他打电话。"

"哪有这么好心的人。"女人根本不信，"他留的电话肯定是假的，不信你打打看。"

女儿不愿意，说："我这好好的，又没啥事，也不怪人家，我不打。"

女人气了："还说不怪他，他为啥给你留电话？他傻！要不就是糊弄你，肯定电话是假的，你告诉我号码，我来打。"

女儿没办法，只好拿出一张纸条，那上面写着一个电话号码。

男的在一旁看着母女吵架，虽说不满老婆的唠叨，但也挺赞同她的看法，因为他看到女儿新买的裤子被划破了，他知道那裤子不便宜，希望老婆找到那个人赔偿，最好能再赔一些医药费，买些营养品。

女人坐在沙发上开始拨电话。就在女人刚刚拨通电话后，男的口袋里的手机也响了起来，他掏出手机，按下接听键，手机里传出的却是老婆那急吼吼的声音："是不是你撞我女儿？"

一家人全愣住了。老婆指着男的问："这是咋回事？怎么打到你电话上了？"

男的看着手机，结结巴巴说："这，这个手机不是我的，是我在路上捡的，谁知这么巧，会是那个人的。"

男的对老婆讲了捡手机的经过，捡手机处正是女儿撞车的地方。男的见那个手机还挺新的，甭提多高兴了，就等着丢手机的人来找他了。

果然没多久，手机就响了。对方说手机是他丢的，问能不能还给他。男的说手机当然可以还给他，但要给一些酬谢。对方问他想要多少。男的看看手机说："你这个手机是新的，少说也值四五千，我也不要多，你就给500吧！"对方有点不高兴了，说："你真是狮子大开口，我那手机也就一千多块买的，用了这么多年，给你100块钱行不行？"说完，又补充两句，"手机对我并不重要，重要的是里面的存信息。"男的说："就冲你

那些信息也值钱了，100不行，最少得200！""不行算了。"对方一气，把电话挂了。

"你说你这干的什么事？"女人听到这里，便开始数落起男的来，叫他赶紧按那个人打进来的电话再打过去，就说手机还给他，钱不要了，只要求他带女儿去医院照个片子。女人担心女儿骨折，检查了才能放心。

男的只好按那人打进来的电话打了过去，谁知那是一家小商店的公用电话，打电话的人早走了。

这一来，夫妻俩全都傻眼了，撞女儿的人肯定是找不到了。接下来便是女人无休无止地数落，说男人就爱贪小便宜，说男人只认得钱，这回可是贪小便宜吃了大亏……

就在男的被老婆唠叨得几乎要崩溃时，那个捡来的手机突然又响了。男的急忙接通电话，竟然又是那个丢手机的人打来的。男的本想告诉他200块钱不要了，100也不要，你赶紧过来拿你的手机吧，不然就叫老婆唠叨死了。没想到对方竟开口说，他愿意出200块钱拿回自己的手机，叫他约个地方见面。男的一怔，含着一嘴的话没说出来。对方见他迟疑，又解释说，其实手机对他并不重要，重要的是他与一个小姑娘撞车了，当时因急着有事要办，就留下了这个手机号码，他怕小姑娘万一有事，打电话找不到他。他最后道："做人不能言而无信。"

男的举着手机愣在那里，他想不到现在还有这样的人，他忽然感到很羞愧。

老婆见他愣着，问他咋啦？他把那个人的话告诉了老婆。女人也感动了，女人催他道："你快告诉人家。"男的问："咋说？"女人道："你就说手机还给他，一分钱也不要！"

男的就对那个人说了。女人又在旁边说："你再告诉他，咱女儿没什么事，就是腿上蹭破点皮，叫他放心吧。"

民工救美

永福26了，因家里穷，至今还没说上媳妇。村里年轻人都去城里打工挣钱，永福就跟着村里人一块进了城。

进城后永福总喜欢看大街上的美女，他心里想，城里的美女咋就那么多呢？永福有时看得眼都不够用了，同伴就笑话他，说他好色。

永福和同伴们在一家建筑工地上盖大楼，大楼就盖在风景区云龙湖的北岸。站在高高的脚手架上，风光秀丽的云龙湖尽收眼底。

这天，永福一边干活，一边不停地往湖岸大堤上瞅。有人说永福准又是瞅美女，大家也就顺着永福瞅的方向看去，果然，大堤上有个着一身鹅黄衣裙的袅娜女子。

这里是云龙湖的西区，游览区主要在东湖，西区比较僻静，除非节假日，湖岸很少有人，出现一个靓丽女子，难怪好色的永福干活心不在焉了。可永福瞅着瞅着，竟停下了手中的活，目不转睛地盯着那女子看起来。见他这样，大家也都停下了手中的活，这时，就听下面有人喝道："你们不干活，都看什么？"

大家一看，是开发公司的老板带着一群人来视察了，呵斥他们的是工头。别人都急忙散开干活了，唯有永福，依然还不时地朝大堤上看。工头又斥道："永福，你再看！再不好好干活，给我滚蛋回家！"

有同伴就小声叫永福:"永福,甭看了……永福,甭看了……"

谁知,永福突然道:"不好,她要投湖……"

原来,永福早感觉那女子徘徊湖岸有些不对劲,他不是看美女,而是担心那女子轻生。此刻,他发现那女子站在堤岸边,现出了投湖的迹象,不由叫了出来。永福正要从脚手架上下来,下面的工头喊:"永福,你要干啥?"永福道:"那个女人要跳湖。"工头道:"你不能下来,人家跳湖关你什么事,就是你老婆跳湖,也不能给我停工。"永福心里骂道:"滚蛋!俺总不能见死不救。"他没理睬工头,噌噌噌下了脚手架,朝围墙外跑去,工头气急败坏道:"好你个永福,看我不叫你滚蛋!工钱一分也甭想要。"

永福一口气冲上云龙湖大堤,见那女子还站在堤岸边,跃跃欲试,便上前一把扯过那女子,因为用力过猛,两人都倒在湖岸草地上。

那女子翻身坐起,杏眼圆睁,嗔怒道:"你这人干吗?"

永福说:"姑娘,有啥想不开,非得投湖?"

那女子盯了永福好一会儿,看他一副憨厚认真的样子,忽然"咯咯"笑了起来,道:"我哪里是要跳湖,我是在演戏。"

"演戏?"永福迷惑了。

"嗯,我是个演员,要演一个对生活失去信心的轻生女子,我是来找她投湖前的心理感觉的,你这个人真有意思,也不弄弄清楚。"

"啊——"永福傻眼了,不由叫苦道:"你可把俺坑了。"

那女子不明白,问为什么?永福说了刚才在脚手架上,如何停下活怕她轻生,又如何下来救她,工头要撵他滚蛋不给工钱的话,最后道:"想不到你跳湖是假的,这下我更完蛋了。"说罢竟想哭。

姑娘看到永福懊悔难过的样子,说:"你的工头真霸道,看来是我害了你……怎么办呢?"姑娘眸子一转,突然,纵身一跃,跳入湖中。

永福大吃一惊,急忙也跟着也跳了下去。不远处的游人见有人跳湖,也都大呼小叫地跑了过来,有人下去帮着永福救人,有人打电话要了救护车,还有人给电视台报了新闻线索。

姑娘被抬上岸来,一直紧闭双目,永福在一旁不停地呼喊:"你干吗要真跳湖?"不一会儿,救护车呼啸而来,把姑娘同永福都拉走了,电视台的采访车慢了一步,随后,也跟着追去了医院。

第二天,电视台节目报道:一年轻演员,因演一轻生女子,入戏太深,难以自拔,湖边徘徊,最终竟真的投湖轻生。幸被一民工注意,及时搭救……这消息顿时被各报转载,炒得沸沸扬扬,那女演员也由此红透了整个演艺圈。

当然,民工永福顺理成章成了见义勇为的救人英雄,不断有记者来采访他,他那蛮横霸道的工头,再也没敢提叫他滚蛋扣发工钱的事。

许多日子以后,那位已成为当红明星的女子,找到了永福的建筑工地,给他送来了一把戏票,邀请他和他的同伴去看自己的演出。永福望着她漂亮的面孔,诚心实意地道:"那天你干吗要跳湖?你真憨。"女子看着憨厚的永福,抿嘴一笑:"你才憨呐,我水性比你好。"

百出一

古镇盛产瓷器,已百年历史,最有名的一家,牌号百出一。

百出一瓷器之所以有名,不单制作工艺独特不为外人所知,且对产品的要求极为苛刻,瓷器出窑当场检查,稍有瑕疵,当众砸碎。所谓"百出一",一窑百件产品,也就出一件成器,有时甚至还出不了一件。百里挑一的瓷器当场拍卖,别人家一件瓷器也就卖到几百上千,百出一那件要卖到十几万,甚至几十上百万。

这天,古镇来了一位东南亚客商霍老板。这位霍老板是百出一的熟客,这回是带着女儿来的。霍老板的宝贝女儿就要成婚了,他要送女儿一件瓷器珍品作为礼物。

窑主迎出来,寒暄过后,让霍老板先在镇上住一晚,新瓷明日出窑。霍老板便带着女儿游览古镇,又转了几家瓷器店,女儿看到喜爱的瓷器先购回了几件。

第二天,霍老板和女儿来到百出一,院子里已来了很多客人,都是等候竞买瓷器的。

新瓷出来了。鉴瓷师站到紫绒布台前,从窑工手里接过瓷器仔细验看。那一件件瓷器,在众人眼中都是完美无缺的珍品,可一脸严肃的鉴瓷师总能从中找到瑕疵,拎起锤无情砸碎,客人们心痛不已。

一窑新瓷已砸碎过半,鉴瓷师还在苛刻地验看着瓷器。第八十件,九十件,九十五,九十六……眼看一窑新瓷全要砸光,第九十九件终于被留下了。那是一件嵌花瓷瓶,色为大红,牡丹花开,配有"花开富贵"四个金字,国色天香。

瓷瓶当场拍卖,众人争着报价,10万,20万,50万……最终,霍老板以80万成功拍下。

窑工端上最后一件瓷器,众人一阵惊叹,这件竟同留下的那件一模一样。一样的花开富贵,国色天香。都以为这窑新瓷要出两件珍品了,没想到鉴瓷师看了看,竟又拎起了锤。

"请住手!"台下一个气质不凡,时尚靓丽的女子站起来,对鉴瓷师轻轻道:"这件我要了,价格随你要。"

这女子便是霍老板的宝贝女儿，她又弯下身，朝父亲耳边说了些什么，霍老板高声道："好，我再出 80 万，两件全要了。"下面一片唏嘘声。

　　鉴瓷师手足无措，竟不知如何是好。这时窑主出来了，对众人拱拱手，叫大家安静，然后对霍老板道："霍公见谅，这件瓶再高的价也不能卖。"霍老板问："为啥？"窑主道："卖给客人有瑕疵的瓷器，会坏了我家的名声，还从没有过，万望海涵。"

　　霍老板起身解释说："这是小女要的，也算我送她的结婚礼物，刚才小女说了，结婚礼物要成双成对才好，虽说有瑕疵，但世上哪有十全十美的事情，小小瑕疵更符合世间的道理，成双成对，美满就好，难得女儿喜欢，万望窑主成全，价格好说。"

　　霍老板一番话叫窑主难以推辞，不过他还是不答应，霍小姐道："窑主是做生意的，有钱赚就行，难道卖了这件瓷器真就能坏了百出一的名声？"

　　窑主听出这女子话里有话，只好说："经商之道，不只为赚钱，还要讲信义，这个霍公知道。不过看在我跟霍公多年的交情上，你执意想要，我就破例一回，瓷器小姐拿走，我分文不收。"

　　下面一阵掌声，皆赞窑主诚信。霍小姐接过瓷瓶，喜不自禁："这么美的东西怎么会是疵品？不给钱实在过意不去。"

　　窑主说："这瑕疵非一般人所能看出，小姐喜欢尽管取走，只是不要外流。"

　　霍老板谢过窑主，便叫女儿收下。

　　回到住处，霍小姐打开包装，再看了一回瓷瓶，对父亲说："爸，你过来看看，这两件瓷瓶，你分得清哪件有瑕疵吗？"

　　霍老板看了一会儿，果然分不出。霍小姐说："爸爸虽不是瓷器专家，但凭你多年对瓷器的收藏和喜爱，怎么会看不出瓷器的瑕疵呢？"

　　霍小姐又把在别家买的几件瓷器拿过来叫父亲比较。霍公比较了半天,除了款式,印章不一样,其他还真看不出有多大差别。霍老板对女儿说:"感觉还是百出一的瓷要细润一些吧。"女儿说:"那是你的感觉,因为那是名家,其实,这些瓷器并没有多大差别,不过是窑主玩的把戏罢了。"

见霍老板不解,女儿继续道:"经过他这一番砸瓷表演,留下的当然就身价倍增,世人也以为这百里挑一的东西必为上上品,跟着哄炒,名气也就越来越大,直至名扬天下。人家一窑瓷器顶多就卖个十来万,他砸了99件也是赚的。"

霍老板豁然开朗,突然感到女儿真长大了,继承了他的头脑和眼光,他为女儿的见识感到高兴,可以放心地把家业传给女儿了。

"两件瓷器都在我们手里,不怕我们识破他吗?"

霍小姐说:"窑主正是怕我揭穿他,所以才分文不取。"

见女儿很得意,霍老板忽然又想到了什么:"我再比较比较两件瓷瓶。"他又看了半晌,"嗯,的确都是完美无缺。"说着,突然把其中一件丢在地上。

霍小姐被碎裂的瓷瓶吓了一跳,不明白父亲是怎么了。霍老板笑对女儿道:"这件不砸,方不能显出那件的珍贵,有那99件的牺牲,才有这一件珍品的价值。古今成功之道莫不如此。"

女儿似有所悟。霍老板又道:"百出一的经商之道,不也是一种价值吗?"

此刻,霍小姐才真正理解了父亲。

事后传出,霍老板终因不满那件瓷瓶的瑕疵而将其损毁,决定等百出一新瓷出窑,再买一件配成双送与女儿。那窑主待霍老板父女走后,正惴惴不安,得知后感遇知音,将自己多年珍藏的一件最为得意之作送给霍老板,祝愿他女儿婚姻幸福美满,百年好合,且真正是分文未收。

古 钱

老严是个古董迷，最有研究的是中国的古钱币，在当地也算是小有名气，还担任了古钱币协会的理事。

这天，老严去一个名叫古城的古老小城去办事，坐在火车上老严就想，完事后一定去古玩市场转转，说不定能淘到一两件宝贝。

坐了三个多小时的火车，又坐了两个多小时的长途汽车，下车后老严又累又饿，出了站，就在路边的一个馄饨摊旁坐下来。馄饨是两块钱一碗，就在老严把两元硬币丢到摊主盛钱的盒子里时，不由眼前亮光一闪，那盒子里竟有一枚古钱，准确地说那是一枚中国最古老的钱币。老严不由拿起那枚古钱，细细一看，感到有些吃惊，他研究过这种古币，存世已寥寥无几，堪称无价之宝，当然，他还拿不准古币的真伪，不敢相信这是真的。

老严对着摊主大嫂道："这古钱你是从哪来的？"

摊主大嫂是个爽快人，对他的问话有点不以为意："什么哪来的？是个吃馄饨的客人丢下的。"

老严奇了："客人丢的，他没回来找？"

大嫂乐了："不是丢的，是那人在这儿吃馄饨，兜里没钱了，就要拿这个东西换我碗馄饨吃，还说什么这东西价值连城，狗屁！我看他精神有

点不正常,就对他说要吃就吃,没钱就不给,谁要你的价值连城,没想他吃完馄饨走的时候,还是把这东西丢钱盒子里了。"

有这等的奇事。老严把那枚古钱看了又看,虽然还拿不准真伪,但总感觉这是个宝贝,他问馄饨大嫂:"这东西能卖给我吗?"

"卖啥卖,你喜欢就拿去,俺本来也没想要他的。"

老严简直不相信自己的耳朵,没想到这古城的民风还这么淳朴,还没被现代的金钱社会所污染。他感动极了,收好古钱,还想给大嫂一点儿报酬,可大嫂理也没理他忙自己的去了,老严只好作罢。

回来后,老严上网一查,更不敢相信了,这古钱存世仅两枚,一枚为国家保藏,一枚流落民间。老严当然不敢相信这失落民间的珍宝会落入自己的手中,可他又心存侥幸,查阅了大量的资料,拿着古钱对照来对照去,最后,凭自己的鉴别水平,他认定这古钱就是真品,不是伪造的。

老严心里激动万分,当晚就把几个至亲藏友请到家里,对他们公开了此事。没想到几个藏友看也没看古钱,就一致摇头道:"这是不可能的,那东西肯定是个假的。"老严不甘心,拿出那枚古钱叫他们鉴别,一个藏友接过古钱瞄了一眼说:"老严,你不会是玩古钱币迷了心窍,脑子出了毛病吧,这世上仅存的宝贝就这么轻易地到了你的手里,神话传说吧!"其他几个藏友也都跟着附和,接过古钱瞄上一眼又传给别人,很快宝贝又回到了老严手里。老严很憋气,道:"难道世上就没有神话!"他决定找行家来鉴别他得到的宝贝。

老严捧着宝贝,遍访了本地的古玩行家,竟没有一个人认同他的,反而他的行为却成了本地古玩圈里的笑谈,都说老严疯了。

老严很不服气,他干啥都有股子韧劲,本来他还怀疑自己的眼光,众人的讥笑把他激怒了,反倒认定自己的眼光没错,古钱就是真品,他决定去找国内的名家来鉴别这枚古钱,证明自己没有疯。

老严带上宝贝进京了,他通过关系拜访了一位圈内的大家,当然,还送上一份厚礼。大家是不会什么人都见轻易为你做鉴定的，因为一旦看走了眼，就会威信扫地。

然而，这位大家叫老严丧气失望了，不过到底是大家涵养高，一点也没讥笑老严神经，只是含蓄委婉地告诉他，这东西就是个赝品。

老严回到住的地方，翻来覆去一夜，到了天亮也没睡着，他实在是不甘心，也不好意思回去。

老严又备了份厚礼，经人引荐访了另一位大家。这位大家倒很爽快，收下礼物就对他说："东西绝对是假的，你想这种稀世珍品怎么可能？"老严手捧宝贝就僵在那里，他像是被判了无药可救的病人还要对医生开口，只见大家摇摇头，"来找我的人多了，全拿着赝品当真品，都以为是真的，不愿承认是假，比你还执着。"

回来后老严把古钱看了又看，不知为什么他越来越感觉自己没有看错，这就是枚真品！老严花光了带来的钱，把能找的专家都找了，然而，没有人给他一丝的希望，他终于心灰意冷，决定回家了。

老严身上的钱只够买一张回去的车票。买了票，离上车还有一段时间，老严便在车站广场上溜达，这会儿已过了晚饭的时间，老严还没吃东西，肚饥口渴，一阵眩晕盗汗，饿得有些受不了了，可身上已无分文，只有那枚古钱。老严来到广场边上的一个水饺摊前，卖水饺的是个老大妈，问他吃水饺吗，他舔舔嘴唇，很不好意思地说自己没钱，老大妈很吃惊："你被偷了？"老严连说："没有，没有。"老大妈很疑惑，不明白一个出门在外的人身上怎么会没钱，老严苦笑笑，对老大妈说了自己的遭遇，老大妈乐了："你这个人也真是太那个了……给你吃碗水饺，这么远的路不吃东西怎么行？不收你的钱。"

老严连声感谢，吃完了水饺，他拿出那枚古钱对大妈说："这东西给你吧，它真是无价之宝。"老大妈撇撇嘴："那你就自己留着吧，俺才不稀罕这玩意。"可老严真不想再带着这东西回去受人讥笑，走的时候趁老

大妈没在意,把它丢在盛钱的盒子里。

回来后,谁问起那枚古钱老严都不搭理,可他心里总还忘不了那枚古钱,像丢了魂似的老去古玩市场的钱币摊前转悠,与人切磋古钱鉴别术。

一天,老严在钱币摊前遇到了一位异乡人,那人对古钱币鉴赏的一番高论,深深吸引了老严,老严非要拉他去家里坐坐,说是要给他见识一枚世所罕见的古钱。那人半信半疑,摊主笑说:"他是有这么一枚钱,老严都快为它疯了。"于是,便以讥笑的口吻说了老严的事。那异人听了,竟二话不说跟老严去了。

来到老严家,老严拿出了古钱的照片,并说了自己在京城的遭遇。那异乡人看了一会儿照片,然后打开提包,拿出一份海外版的古钱币报纸递给老严,老严接过报纸,只见头版刊登了一篇报道:一枚价值连城的古钱在海外现身。报纸还配发了那枚古钱的照片,跟老严照片中的古钱一模一样。老严惊呆了。报道说这枚失落民间的古钱,是一位海外的古钱币收藏家,偶然在京城一个水饺摊上发现的,那卖水饺的老大妈没要他一分钱。收藏家本来也不敢相信是真品,但最后还是忍不住去花重金采用最先进的科学手段做了鉴定,终于令这枚罕见的稀世珍品重见天日了。

老严看完报道,不由得捶胸顿足,仰面长叹,后悔自己为何就没坚持到最后呢!那异乡人微微一笑道:"你也不必难过,那些专家学者不也都见过这枚古钱吗?可是却没人敢承认它,给它做一下鉴别,世人都是这样,价值太高了,反倒无人相信,可惜了,一件国宝竟流落海外,好在这个收藏家也是华人。"最后,异乡人又说了一句令老严吃惊的话,"……其实,我也曾经得到过它,可最后还是把它丢给一个卖馄饨的大嫂了。"

言罢,那人长笑离去。

哑巴鞋匠

一段肠子似的小巷北面有一片空地，一棵高大的梧桐树为这片空地遮起了一片浓荫。浓荫下，一个女哑巴在这里摆了摊子修鞋。

女哑巴生意很好，她干活心细，态度也好，人们都喜欢找她修鞋。久了，人们就对女哑巴的情况有了大致了解。

女哑巴家在农村，生了一对双胞胎儿子。婆婆不叫她带，怕跟她学成了哑巴，她便跟男人一块儿出来了。男人在工地上盖房，她从小跟父亲学过修鞋的手艺，就找到了这块地方，做了鞋匠。没想到这地方生意会这么好，她挣得比丈夫还多，因此她非常感激这块立足之地。用手比画时，她脸上满是幸福满足的笑容。

不久，城市创办卫生城，省里还要下来检查。这块地方太不安眼了，市里下决心对这块地方拆迁，把道路开通取直。

很快居民们都搬走了，一夜之间，房屋院墙全被推倒，女哑巴再推着三轮车来时，这里已成了一片废墟，她那块赖以生存的地方也布满了砖头瓦块，只好推车回去了。

因为地方不大，不久，道路就修好了。新路修好的当天，女哑巴就在人行道上铺开了工具摊。很快就有人来干涉，女哑巴与那个城管用手比画了半天，旁边有人替她解释："她说她原先就在这儿干的。"城管又好气又好笑,喝道:"现在不是原先,快走快走!再不走,东西没收。"

女哑巴只好收拾起工具,推着三轮车不情愿地离开了。

没想到第二天,哑巴鞋匠又出现在原来的地方,这回城管不愿意了,非要没收她的东西。女哑巴死死抓着三轮车不放,城管对她大吼,她嘴里哇哇地像是在乞求什么。围观的人多了起来,都说哑巴怪可怜的,有人就说:"一个哑巴,也不容易,不叫她在这儿干就是了,干吗收人东西。"城管脖子一拧,说道:"昨天就跟她说了,她不听,今天还来,这要叫头儿看见了,那还得了。"说着硬是要把三轮车推走。女哑巴哭了,围观的人越来越多,七嘴八舌地指责城管,为哑巴说情。城管只好松了手道:"下回再来,绝不饶你!"

城管走了,大家都劝哑巴赶快另找个地方干活,甭再来这儿了。她擦擦眼泪,不停地用手势对众人表示感谢。

连着几天女哑巴没再露面,大家都不知道她去了哪里。

正当人们猜测女哑巴的去向时,她又露面了。这天下午,正是下班时分,路上行人很多,女哑巴的三轮车又停在了原先的位置上。不一会儿,一群城管出现了,为首的是个毛胡子脸,他是城管的头,都称他队长。他听说女哑巴三番五次撵不走,不由分说,便收了她的东西,推上三轮车就走。毛胡子得意地推着三轮车往前走,女哑巴倒在地上呜呜地哭。

就在这时,一人大吼道:"怎么回事?给我站住!"

大家转头一看,一个中年人提着包朝毛胡子走来。毛胡子一看到他,顿时满脸堆笑:"黄区长,您怎么来了?"

黄区长没有理他,径直朝女哑巴走去。女哑巴怔怔地看着他,突然哇哇地朝他比画着,然后从三轮车上的鱼皮口袋里找出一双鞋来。

黄区长接过女哑巴递过的鞋,那是一双已经有些破旧的皮鞋,不过已被修得整整齐齐。黄区长打着手势对女哑巴说:"你来这里就是等我拿鞋的是吧?"

女哑巴看懂了黄区长的话,使劲点了点头。黄区长看了看鞋,又看看女哑巴粗糙的双手及胳膊上的划痕,竟然是泪光闪闪。

黄区长转身对大家说:"那天我到她这儿修鞋,她比画这么旧的鞋还修,我告诉她这鞋是妻子结婚时给我买的,妻子前不久去世了,我想留作纪念,叫她一定要把鞋修好。没想当天晚上通知我去北京开会,等回来时这里已经拆迁,我本以为找不着她了,谁知她还一直到这里来等我……"

大家听了直叹息,毛胡子结结巴巴地说道:"黄区长,我要知道是这样,说啥也不会……唉,都怪我没弄得懂她的意思。"

"你心里要是有老百姓,你就弄得懂了。"区长不满道。

毛胡子队长连说:"是,是……"

周围人都被这个修鞋的女哑巴感动了,她的手是粗的,她的衣服是脏的,可她的心地是那么善良美好。大家都对区长说,帮她安排一块儿修鞋的地方吧,叫她也有个安心干活挣钱的地方。

黄区长点点头说:"一定一定,政府不能房子一拆,马路一修就完事,影响到老百姓吃喝拉撒的事,都不是小事,都要考虑……"

很快黄区长给女哑巴安排了一个修鞋的摊点,其实那只是一块儿很小的地方,她的生活就有着落了。

女哑巴的故事很快传开了,来找她修鞋的人更多了。

老乡见老乡

祖 传

　　赵家十世单传,传到赵鹊这一代,还传下一个宝贝。宝贝装在一个檀香木匣里,上面雕有花纹图饰,古色古香,一看就是很久远的东西。爷爷临终时,才把木匣连同钥匙一块儿交给赵鹊的父亲。

　　这木匣赵鹊从小就见过,问爷爷里面是什么,想打开看看。爷爷不同意,说自己都没打开看过,还说他爷爷也没打开看过。祖上传下宝贝,还传下一句话,不遇到过不去的坎,谁都不许动它。宝贝一代代传下来,匣子上的锁还真没打开过。爷爷这辈子没遇到过不去的坎,希望下一代人也不会动它,世世代代传下去。

　　赵鹊的父亲谨遵家训,始终也没打开过木匣。那里面到底是什么宝贝?赵鹊好奇极了,他知道祖上是花重金购来的,还特地请人做了这么精美的檀香木匣,当时宝贝就值千金,现在还不价值连城。

　　赵鹊几次想看看匣子里的宝贝,可父亲跟爷爷脾气一样。

　　爷爷去世没几年,赵鹊的父亲就得了重病,赵家的生意陷入了前所未有的困境。赵鹊又动了那个念头,可父亲直到最后也没答应。

　　父亲溘然长逝,宝匣自然传到了赵鹊手里。办完后事,当晚,赵鹊就捧出那个檀香木匣,细细端详着。老婆坐到他旁边,说这里头到底是个啥宝贝,值得你赵家一代代传下去?咱家现在正缺钱,不如就把它卖了吧。赵鹊看了老婆一眼,没反驳她的话,他自己也在想,再好的宝贝,一代代传下去又有何意义。沉思良久，赵鹇终于拿出父亲交给他的钥匙，可是木匣上的锁已锈蚀得打不开了。赵鹇一时竟不知如何是好，老婆说，一把破锁，砸开不就得了。说罢拿来一把锤子。赵鹇思量半晌，终于落下了锤。

宝匣打开了，呈现在眼前的是一颗晶莹剔透的红宝石。赵鹇和老婆都不懂宝石，看这色泽艳丽的宝贝一定价值连城，到底能卖个什么价，他们心里没底，要请个懂行的人看看。

赵鹇来到古玩市场，遇到一个珠宝店老板，自称是珠宝方面的专家。赵鹇说了家传的宝贝，老板叫他拿来看看，赵鹇说东西太珍贵了，不敢拿出来。老板见他神神秘秘，心里发痒，就随他到家里来了。

赵鹇抱出檀香木匣，捧出宝石，老板仔细看罢道，这就是颗红玛瑙，古时候珍贵，现在已不稀奇了。赵鹇有些失望，问能值多少？老板说顶多也就是十来万。赵鹇不相信，他的希望值可是成百上千万。老板问他想卖多少？赵鹇说，祖上传下来的，两个十万也不能卖。老板起身告辞道，你再找别人问问吧，十万我也不太想要。

赵鹇当然不相信老板的话，又找了几家珠宝商，都说现在玛瑙产量多了，真的不稀罕了，要是块美玉传到现在，可就值大价钱了。

赵鹇没想到祖上传下的宝贝，传到今天反倒不值钱了。他失望之极，竟抱怨祖上何不传下块美玉。老婆道，谁叫你家祖上没眼光，10万就10万吧，留着也没用，说不定以后更不值钱。

赵鹇还是不甘心，没事就往古玩市场跑，那些卖珠宝的都知道他家有个祖传的宝贝，越传越不值钱，都笑他。

这天古玩市场来个海外客商，听珠宝商笑话赵家的宝贝，便一路打听找到赵鹇家。

赵鹇没想到竟有人找上门来，忙抱出檀香木匣，把红玛瑙给客商看，那人看了良久才道，我打算要，你开个价吧。赵鹇心中一动，意识到识货的来了，看眼前这人气度不凡，一定是个大买家，便狮子大开口，100万。

客人把玛瑙又看了看，放进木匣，最后像是下了好大决心道，成交。

眼见客人抱走了宝贝，老婆兴奋地在赵鹊脸上啃一口，可赵鹊心里却怅然若失，怀疑是不是卖错了，老婆点着他的脑袋，你这个人……

赵鹊把一百万全投到了生意上，他要把赵家的生意做大做强以告慰祖上。可境况非但没有好转，反倒越来越差，终因进了一批假冒商品，竟把卖宝贝的钱全亏光了。

赵家的生意面临着前所未有的困境危机，赵鹊感到眼前的坎真要迈过不去了，他甚至认为这是祖上对他的惩罚。他开始后悔不该卖了祖传的宝贝。爷爷说过，有宝贝在，就是看看那个檀香木盛匣，就有底气，就有了依靠，感觉就没有迈不过去的坎。可现在他什么底气、依靠都没了。他突然感觉那100万算得了什么，同祖传的宝贝相比简直是狗屁，他咋就那么糊涂！他真想知道祖传的宝贝在什么地方，现在别说100万，就是再加100万他也愿意再赎回来。

谁知还真有了宝贝的消息。

那天电视上对一个海外博览会进行实况转播，一件件稀世珍宝出现在镜头前。突然，一个精美绝伦的檀香木匣出现在画面上，解说介绍，檀香木匣是唐代一个出名的能工巧匠制作的，主人用它来珍藏一颗在当时来说无比珍贵的红玛瑙，然而红玛瑙传到今天反倒不稀罕了，这件精美的宝匣，却成了世间独一无二的珍品，不但有极高的收藏和欣赏价值，还对中国古代的制作工艺，极具认识和研究价值，真正是一件稀世珍宝。

解说最后道，稀世珍宝是从大陆一位赵氏后裔手里购来的，赵氏祖上在唐代是赫赫有名的名商巨贾，红玛瑙是他家的祖传之物。

赵鹊坐在电视机前呆若木鸡，他先是后悔得想哭，可他又不后悔了，因为他突然悟到，祖上传下的是不是还有更为珍贵的东西……

他真要好好想想。

老乡见老乡

陆文和江韵都是外地人,大学毕业留在了这座城市,经人介绍,恋爱结婚。在这里,他们无亲无故,只有同事和少数几个同学。

这天,有人通知江韵去参加一个同乡聚会,还要搞通讯录。江韵生性不喜欢与生人打交道,回家告诉陆文不想去。陆文一听急了:"这是好事干吗不去?现在干啥都讲关系,咱俩都是外地人,多一些老乡不好吗?"

陆文非要江韵参加聚会,江韵拗不过,极不情愿地去了。

很晚,江韵回来,一进门就冲陆文发脾气:"我不愿去,你非要我去,这不,麻烦来了。"

陆文忙问咋回事,江韵说吃饭时,同桌一个叫邱仁和的听说她是医生,马上提出要去她医院做手术,还说他在税务局,以后有事可以找他。

"其实他只是个小囊肿,手术小得很,医务室的护士都能做,非要我为他找个好医生,还要多加照顾。"江韵不满地发着牢骚。

江韵在内科,真不愿为一个刚见面的人去求那些很少打交道外科医生。陆文劝道:"既然人家开口了,又是老乡,你就……"

"什么老乡,他家在苏北,跟你一样的北方人,我跟他是什么老乡?"江韵打断陆文的话。

陆文是山东人，江韵是江苏人，不过江苏南北差异大了，江韵是典型的江南女子，结婚后每回生气，都说后悔找个北方人。江韵把那个人与陆文算作同类。

陆文笑着安慰老婆："好了好了，能帮就帮他一回吧，你不说他在税务局吗，说不定以后会用着他。"

"你又不做生意，不偷税漏税，干吗用着他！"老婆美目一瞪。

"好好，你看着办吧。"陆文边妥协，边又劝解，"我意思说税务局的关系广……尽量尽量……"

那个邱仁和还真去了江韵医院，江韵虽不情愿，但还是照着丈夫的话尽量帮忙了。回家后江韵告诉陆文事情都办好了，她求的是普外科主任，还找护士长多加关照。最后一撇嘴："等手术后我再去看他，你放心——"那说话的神情，就像是给陆文的老乡办事。

陆文无奈地笑笑："这就对了嘛。"

因为手术极小，邱仁和很快出院了。其间陆文还提醒江韵去看过他，那人关系还真广，送的花篮都摆到了走廊里。

这天休息，陆文和江韵正准备带孩子去海滨公园，门铃响了，竟是邱仁和提着东西找上门来。

进屋后邱仁和先表示感谢，感谢完就一屁股坐在沙发上，天南地北侃起来。陆文先出于礼貌应付，后来便不再接茬，他知道老婆孩子早等急了。见陆文不搭茬了，那人这才醒悟，起身告辞。走到门口，突然问陆文在哪儿工作。陆文说在学校，又问哪个学校，陆文说了学校名字，他竟兴奋道："太好了！明年我儿子上初中就在你学校，到时候你可要帮忙挑个好班。"

一听这话，陆文的脑袋顿时大了。初中已不分重点班，挑班级是最头疼的事，除非特殊关系要校长同意。陆文后悔说自己在学校，支吾着想推辞，没想到江韵却在一旁使坏道："行行，到时候你就找他，他在教导处,跟校长关系可好了。"

陆文狠狠地瞪了江韵一眼,江韵身子一扭,看也不看他。她那老乡激动地抓着陆文的手:"这可太好了,就拜托你了……"

邱仁和满意地走了。江韵嘻嘻笑着说:"现在体会到老乡的好了吧?"陆文恼怒道:"你——"江韵学他:"能帮就帮他一回吧,说不定以后……"

陆文这天玩也没玩好,那人的孩子明年才上初中,却提前给他预约了心思和烦恼。

过没几天,一个老乡来找陆文,说是山东老乡要搞聚会。陆文回家高兴地告诉江韵,江韵却嗤之以鼻。

聚会是安排在一个档次很高的饭店。那天,陆文一进包间就大吃了一惊,他看到了老婆的老乡邱仁和。邱仁和却一点儿也不惊讶,像事先就知道似的。

"你怎么会在这里?"

"我也是山东老乡呀。"

"你,你不是跟我老婆是老乡吗?"

"是呀,我跟她是老乡,和你也是老乡。"邱仁和笑着。

陆文有些恼火,不客气道:"不明白你的话!"

邱仁和见陆文不高兴了,这才解释:"我既是江苏人也是山东人,因为我老家那村子,既占着江苏地,又占着山东地。"

竟然有这样的事?陆文正在疑惑,邱仁和拍拍他:"我的老乡比你多吧?"

陆文无奈道:"那当然,你有两省老乡吗!"

邱仁和却摆摆手说:"你说的还不对,我不止两省老乡,我有 4 个省的老乡,我们那村子地处苏鲁豫皖四省交界。"说着从包里拿出 3 本通讯录叫陆文看,那上面都有他的名字,"等山东老乡的通讯录搞好,我就有 4 本了。"

陆文目瞪口呆。回到学校问地理老师,有没有这么一个四省交界的村子。地理老师说没听说过,不过苏鲁豫皖四省交界,理论上还是有可能。

第二年,邱仁和如期来找陆文了,陆文只好拉下脸找校长,为他儿子挑了个好班。事后邱仁和再三说今后有事尽管找他。

初一新生家长会,陆文刚好安排在邱仁和儿子班与家长交流。没见到邱仁和,一问,才知是小孩爷爷来的。老人说邱仁和抽不出时间,只好替他来了。邱仁和说普通话,可老人却是本地口音。陆文感觉奇怪,问老爷子哪儿人,老爷子说:"本地人呀。"

陆文一愣:"你老家不是在苏鲁豫皖四省交界吗?"

"谁说的?"

"你儿子,邱仁和。"

老爷子乐了,操着本地方言道:"你听他胡说,我家祖祖辈辈都在这地儿,就从没离开过。"

陆文惊愕得张大了嘴巴,半晌说不出话来。

蒙汗药

小玉这回遇到的雇主是位脑外科医生,姓潘。小玉给他做钟点工,帮他收拾打扫房间,做一顿午饭。

小玉的对象叫冯贵,也在城里打工,满脑子老想着歪门邪道发大财。

他对小玉说："这个医生肯定有钱，听说做一个手术，收的红包就成千上万。"小玉道："关你什么事？"冯贵吞吞吐吐地说他想打劫医生："反正他的钱也都是刮病人的。"小玉很生气，坚决不同意，可架不住冯贵软磨硬泡，天天吹风，最后还以分手相胁迫，只好答应了。

潘医生房屋的钥匙是给了小玉的，但冯贵要的不是东西，而是存折。小玉说她弄不到存折，冯贵就出了个主意，要小玉在医生的饭里下"蒙汗药"，待麻翻了他，冯贵再进去把他捆起来，然后逼他说出存折和密码，等取了钱，他们就远走高飞。

"哪儿去找蒙汗药？"小玉幼稚地问。

"傻子，就用安眠药，研成粉末，下到碗里就成。"冯贵说。

一切照计划进行。第二天中午，小玉打开冯贵给她的纸包，见里面有10片安眠药。小玉想了想，怕把医生药坏了，只把一半研成了粉，下在医生最爱喝的八宝粥里。医生叫小玉也喝一碗，小玉说："我不喜欢吃甜的，这是专为你做的。"

小玉看着医生喝下了八宝粥，心里就有些后悔了。她突然想终止这件坏事，正琢磨着等冯贵来了该咋办，医生的手机响了。潘医生接听后，对小玉说："医院有急诊，有个车祸伤，要我马上去做手术，你自己吃饭吧。"说完急忙下楼去了。

小玉长出了一口气，提着的心放了下来。吃完饭，收拾好后就去找冯贵了，她不明白冯贵为何到这会儿还不来，她要告诉冯贵，今后别干坏事了。

小玉赶到冯贵的住处。冯贵的工友一见到她，便急火火地说："冯贵出了车祸，脑袋被撞了，刚才医院打来电话，要马上手术，我们正要找你呢。"

小玉一听冯贵被送去的就是潘医生所在的那家医院，"啊"了一声，扭头就朝医院跑，因为她想起了潘医生临走时说的话，吓坏了，他要真是

去给冯贵做手术,那可就糟了。

赶到医院,一进门诊大厅,小玉就抓着服务台的护士小姐说:"不能叫潘医生做手术,不能叫潘医生做手术!"

整个服务台的人都愣住了,护士小姐问她:"你到底说什么?"

小玉喘息着,说了自己对象出车祸被送到这家医院的事,说完,焦急地央求护士赶快打电话,不要叫潘医生给冯贵做手术。服务台的人都知道先前送来的那个车祸伤,只是不明白这个姑娘为什么不愿叫潘医生给动手术。

小玉不愿解释,只是不停地央求。服务台小姐说:"潘医生这会儿已经进了手术室,你不说为什么,我怎么好给他打电话。"小玉看看没办法,只好说了她给潘医生下药的事。

护士小姐听了,急忙拿起电话,打到手术室。谁知那边回答说:"手术正在进行中,一切正常,潘主任什么事没有。谁说吃了药,简直是胡说。"

护士小姐转达了手术室的话。小玉不信,护士说,你是不是吓糊涂了?叫人送小玉去脑外科等候手术结束。

小玉自己也糊涂了,明明看着潘医生喝下了下有药的八宝粥,咋会没事呢?手术终于做完了,冯贵被推出来了,护士告诉小玉手术很成功,小玉心里的石头才落下来。不一会儿潘医生也来了,他把小玉叫到自己的办公室,关起门来问小玉:"我听说你给我下了药,到底是怎么回事?"

小玉捂着脸哭了,说了事件的始末。

潘医生对小玉说:"我说手术的时候有点儿犯困呢,幸亏你给我下的安眠药不多,也幸亏我对安眠药有耐药性,不然,你的对象就变成植物人了。"最后,潘医生又严肃地对小玉道:"这事就算了,今后可不能再干糊涂事了。"

等冯贵醒了以后,小玉流着眼泪对他说:"以后咱们可别再干坏事了,老天有眼呢。"冯贵也淌下了一颗泪珠,道:"嗯,以后咱们好好干活挣钱。"

损 招

神偷时小迁自吹是梁山好汉时迁的后人,自从干上了这一行,还从没失手过。

这天,时小迁扮成一个上门推销员,挨家挨户搜寻下手的目标。他来到平安小区一幢楼房的最顶层,发现一户人家的防盗门上,一正一反竟装了两个猫眼。他感到诧异,不明白主人何意。

他透过反装的猫眼朝屋里窥去,不由得大吃一惊,迎面看到的装饰柜上,摆放着一尊金佛,后面墙壁上还挂着一个条幅,条幅上的字更叫他倒吸一口冷气:金佛在此,哪个盗贼敢入!

时小迁心想,这不明摆着是向我辈挑衅吗? 今天,我还非要进去看看你这个金佛是真是假,把你那个条幅给扯下来,看谁还敢挑衅! 他又仔细观察了一番,看不出有什么陷阱,便拿出工具开锁。

时小迁捣鼓半天,也没把锁打开,真还没碰到过这么难开的锁。他不死心,又跑下楼,转到楼房南面,看看阳台和窗上都有防盗网,且楼高6层,这才有些泄气,不过,他还有最后的一招。

时小迁出了小区,没走多远,就看见一个修锁配钥匙的小摊,他走过去,向正与顾客配钥匙的老师傅道:"老师傅,能帮忙开一下门锁吗? 我的钥匙忘在屋里了。"

老师傅抬起头,透过老花镜打量了他一眼,问:"有街道证明吗? "

时小迁没想到会要证明,便信口胡诌说街道办事处没人,他还等着有急事儿,要老师傅无论如何先帮忙开一下门,证明回头再来补。老师傅问他住哪儿? 时小迁朝不远处的平安小区一指:"就那儿。"

老师傅把配好的钥匙交给顾客,让一旁下棋的人帮他看着摊子,就拿起一个小包,随时小迁去了。

时小迁在前面引路,爬上 6 楼,来到那户人家门前。老师傅弯腰察看门锁时,时小迁也凑在一边,想学着点,没想到老师傅让他站旁边去,说是公安局要求的,开门锁时不准旁人观看,怕不法分子学去。时小迁嬉皮笑脸地说自己又不是非法分子,还要看。老师傅不愿开锁了,要走,时小迁这才站到一边去。

时小迁躲在一边还想偷看,可是,还没等他看清,防盗门已被打开了。老师傅要他进屋去拿钥匙开门试试,时小迁说不用了,掏出钱来给老师傅,想撵他快走。没想到老师傅很倔,非得要他拿钥匙来试试门锁,说是怕开锁时弄坏了锁芯,他要对顾客负责。

时小迁没有办法,只好装模作样地进屋去找钥匙,等他在屋里转了一圈再回来时,门却被从外面反锁上了。他透过猫眼,看见老师傅正在打手机,便在屋里大喊:"老师傅,咋回事? 门被锁上了。"

没想到,老师傅打完手机,冲着猫眼哈哈大笑道:"小贼,门是我锁上的,你就等着进派出所吧! "

时小迁突然感觉不妙,但知道想跑也跑不掉了。过了一会儿,上来两个警察,老师傅打开门,时小迁从屋里面走出来时,老师傅摇晃着手中的钥匙给他看说:"小贼,没想到吧,这是我的家。"

一个警察道:"吴师傅,这是你用这个办法逮的第四个小偷了,你这招真绝,祝贺你! 要不多久,盗贼就会被你逮光了。"

时小迁这才明白反装的猫眼、金佛和条幅,那都是诱饵,他恨恨地对老师傅道:"你一个配钥匙的,干吗跟我们过不去!"

老师傅从口袋里掏出一个袖章,在时小迁面前一展,说:"看看我还是干什么的? "那袖章上的一圈字是:平安小区治安协理员。

时小迁这才垂下了脑袋,嘟囔道:"你这招也未免太损了……"

乞丐的幽默

乐乐新买了摩托车,带着女朋友苗苗去兜风。路过一家商场,苗苗要去买东西,乐乐就把车停在了商场门前,用一把高级车锁把摩托车锁好,拉着苗苗的手上了商场的台阶。

台阶上坐一乞丐,乞丐只有一条腿,面前放一个缸子,不时有好心人往缸子里丢硬币。

苗苗经过乞丐旁边时,也想找一枚硬币丢进去,找了半天没有,就问乐乐:"有零钱吗? "乐乐知道她要干吗,说:"你这么好心! "苗苗说:"挺可怜的。"乐乐说:"有什么可怜的,都是装出来的,就骗你这样的人。"苗苗不满地瞪了乐乐一眼,生气地说:"你这人心肠不好。"乐乐说:"好好。"就掏出一元硬币给苗苗,苗苗把硬币丢进乞丐的缸子里。

乐乐拉着苗苗走进商场后,小偷来了。小偷看见了崭新的摩托车,便去撬锁。乞丐看着小偷撬锁,也不吭声。乞丐天天坐在这里,小偷都认识他,他也认识小偷。车锁的保险性能很好,很难撬,小偷费了老鼻子劲才把锁撬开,撬开锁后,就要把摩托车推走,这时,乞丐说话了。

"这摩托车你不能推走。"

"干吗?"小偷眼睛一瞪。

"人家给我一块钱,让我给看着的。你就行行好吧。"

刚才你干吗不说,累我好半天,锁开了你才说。不行!"说着,还要把车推走。

"你要偷车我就喊。"乞丐拿出了他的撒手锏。

小偷气得鼻子都歪了,只好垂头丧气地走了。

乐乐和苗苗从商场出来,看到车锁被撬,一惊。苗苗道:"还好,车没被偷走。"

"是我要喊,他才没敢偷车。"乞丐坐在地上说。

乐乐道:"他撬锁时你干吗不喊?"

"锁是你锁的,我干吗要喊?车是这个姑娘坐着来的,我当然要喊。"

苗苗说乐乐:"看看,善有善报吧。"

乐乐朝乞丐作揖道歉,并拿出10元钱要朝缸子里放,没想到乞丐说:"把钱拿走,我不要。"

乐乐满面通红。从那以后,他明白了两个道理:一个是帮助他人就等于帮助自己;一个是千万不要伤害他人,地位再卑微的人也不能伤害,哪怕是乞丐。

这儿不能停车

老吴头属于那种"拔一毛利天下不为也"的人，别人不能沾他一点好处，否则他就会坐立不安。这不，最近有一桩事就叫他心里很烦。

老吴头的儿子前不久搬进新居，想把老房子卖掉，老吴头不同意，他看中了儿子那套老房子，说自己住的地方有风声要拆迁，到时候就搬到这里住。老吴头退休在家，闲着无事，就经常去那老房子看看，有时候还在屋里睡上一觉。那房子在一楼，最近几天，老吴头看到有一辆黑色的轿车，老是停在房子的窗户外。虽然不碍什么，但窗前那块地应该算是他们家的，别人的车停在这里，就是侵占了他家的地儿。老吴头感觉吃了好大的亏。

老吴头就高声吆喝："喂——谁的汽车？不能停这儿，挡风！"没人理他，连出来与他搭茬的人也没有。邻居们都感觉这老头真是的，空房子又没人住，挡你什么风！现在买车的多了，老小区又没有停车场，都是哪里有空往哪儿停。

可老吴头不这么想，每天看着那车就堵得慌，不舒服极了。他不能吃这个亏，得把这车撵走。

这天，老吴头一大早就来了，守在车旁，看看到底是谁家的汽车。快到上班时间，过来一个小伙子，老吴头上下打量着小伙子，说："这儿你不

能停车。"小伙子怔了怔,问:"为啥?"老吴头道:"挡风。"小伙子闹
不明白他的意思,问:"挡什么风?"老吴头反问:"你住哪儿?"小伙子
明白了,这老头是嫌他不住这个楼,把车停在这儿,心里话这么大年纪,
一点儿不仁厚,故意气他道:"你管我住哪儿。"接着指了指楼下那许多
车,"这不停的都是车吗?"老吴头火了,瞪眼道:"这是我家房子窗前,
别人的车就不能停这儿!"小伙子不再理他,拉开车门上了车,又探出
头道:"你家窗前也是公家的地儿,哪儿有空往哪儿停。"说完开车走了。

第二天,小伙子的汽车依然停在那里。老吴头那个气,围着汽车左
看右看,真想踹上一脚。连着几天,老吴头天天都在琢磨如何撵走那辆
车,不撵走它,饭也吃不香,觉也睡不好。

这天,老吴头又来了,站在窗前琢磨,忽然看见地上化粪池窨井盖上
的铁环,就有了主意,他把自己的自行车锁在了窨井盖的铁环上。当天
老吴头就没再骑自行车回家,一连几天都是步行来去。看到那辆汽车再
也不来侵占他家窗前的地儿了,心上的石头才搬掉了。

老吴头的自行车就一直锁在那里,刮风下雨,他也忍着心痛不把自
行车推走,他怕时间短了那小伙子又来停车。一个多月过去了,一天,老
吴头在前面那栋楼前看到了那辆黑色的轿车,估计那小伙子再不会来这
儿停车了,这才打算把自行车骑走。

好久没骑自行车了,猛一上车还有点生疏,不过骑一会儿就习惯了。
老吴头骑在自行车上,心里惬意,竟哼起小调来。

回家路上要经过一个长长的下坡,老吴头骑在自行车上,那车速越
来越快,他几次刹车都没刹住。原来经过这么多天的风吹雨淋,自行车
闸早已锈蚀失灵了。

老吴头骑在车上,就像湍急河流上的船筏一样,一泻而下。下面就
是十字路口,对面红灯亮起,两边的车辆都启动了,老吴头的车根本就停
不住。当他驾车冲上马路时,只见一辆黑色的轿车朝他驶来。他只看了

一眼那辆熟悉的汽车和那个开车的小伙子,就听"嘭"的一声,一阵天旋地转,他什么也不知道了。

老吴头醒来时已躺在了医院里。他看到了围在病床前的老伴和儿子,还有那个开车的小伙子。他突然惊恐地指着那小伙子叫道:"你,你想轧死我,你有意报复……"

大家都愣住了。儿子问他咋回事,老吴头说:"我不叫他停车,他是有意想轧我。"

这时,那小伙子已认出了老吴头,便对大家说了那天老吴头不让他停车的事,还说,后来看到那窨井盖上一直锁着辆自行车,就再也没在那里停车。

老伴和儿子听完小伙子的话,又好气又好笑。老伴骂道:"我说你这个死老头子咋一个多月都不骑车了,问他自行车呐,他还不说,原是拿车做损事去了。活该倒霉。"

儿子对老吴头说:"不是人家撞的你,是你刹车失灵,撞到人家车上,警察都调查过了,责任在你。"

老吴头听儿子这样一说,无语了。老伴气得在一旁又数落他:"你说你心眼是咋长的,人家停个车又碍你什么事?你把个自行车放在露天地里,风吹雨淋,刹车咋能不失灵?真是老天报应!"

老伴的话把老吴头激怒了,他骂道:"滚,我就是不能叫别人的车停在我家的地儿。"

"那咋是你家的地?那是公家的地儿。"老伴也不让他。

"放屁,我家窗户前就是我家的地儿。"老吴头脸红脖子粗,冲着老伴大眼珠子都要掉下来。

"你们不要吵了。"儿子边劝母亲,边对父亲说,"那房子已叫我卖了。"

老吴头一听愣住了,冒火道:"谁叫你卖的?这么大的事为啥不跟我说？"

儿子说："这房子离我现在住的地方太远，你二老年纪也大了，将来照顾起来不方便，所以想在我住的附近给你们买套房，知道你不同意，事先没跟你说，想等买了房子再告诉你的。"

儿子有孝心，还是为父母着想的，老吴头不吭声了。没想到儿子又说："你知道房子卖给谁了？"一指那小伙子，"就是卖给他了，事情还就这么巧，你还不叫他停车。"

老吴头不相信，小伙子笑笑说："是的，大爷，两个月前我们就协商这事了，跟你吵架那天就办好了过户手续。"

老吴头张了张嘴，半晌才说："你……那天为啥不说清楚？"

"那天也是我不好，想故意给你怄气，因为我觉得就算买下这房子，也不能说这窗户前就是我家的地儿，我不同意你说的话，所以就没告诉你。"

老吴头没想到竟然是这样，满脸通红，闭上了眼睛。

好在老吴头伤势不重，很快就出院了，只是脸上多了一道疤。有知情的人故意问他："老吴头，脸是咋着啦？"他都不回答，摆摆手，一脸愧色。

好 人 大 朱

大朱是个自来熟，也是个热心肠，没事的时候总爱站在院门口跟人聊天，路两边那些摆摊的小商小贩都跟他很熟，都知道他家里单位的事。

大朱又炒股票又买基金，还特别喜欢和人吹他炒股赚了多少钱，每当他的股票又大涨了的时候,老婆在家里都能听到他在院子门口的大嗓门,气得老婆心里暗骂:"这个死鬼,挣多少钱都给人说,看晚上不掐你。"

近来,再也不见大朱跟人吹股票了,股市暴跌了近 3000 点,几乎被腰斩了,大朱的股票基金都被拦腰砍了,甚至还要多,最后他都不敢看自己的资金账户了。大朱很少再站在院门口跟人聊天了,进出都静悄悄的,显得文静多了。

老婆许久没听到大朱的大嗓门了,面对男人的变化,她还真有点不习惯,也有点奇怪,大朱股票基金亏钱的事是从不给老婆讲的。

这天,院里的巧嘴嫂对大朱老婆偷偷地说:"蛋蛋妈,你可得防着点你家大朱。"大朱老婆一愣:"咋回事?"巧嘴嫂神秘道:"你还没看出来?这一段时间,他老是跟院门口那个卖豆腐脑的小寡妇黏在一块,那小寡妇你甭看她整天低着头不哼不哈的,心里有数着呢,这种女人属闷骚型的,魔力大得很。"

大朱老婆听巧嘴嫂这么一说,陡然火冒三丈,咋呼道:"我说他咋变得文静了,看我不……"巧嘴嫂急忙按住她:"你先别急着发火,说不准也没那事,平时你多留意就是。"走的时候又交代,"你可甭说是我说给你的,我只是叫你留点心。"

巧嘴嫂走后,大朱老婆细细一想,还真不假。平常大朱都是吃包子油条,喝辣汤热粥,从不喝豆腐脑的,近来,却突然改喝了豆腐脑,还一打就是老多,叫她跟儿子也都喝,儿子说喝烦了,不愿喝了,他还叫喝。再想那个卖豆脑的小寡妇,平时少言寡语,低眉垂眼,仔细看还真有几分姿色,看她带个孩子做生意不容易,叫人同情,不承想她还有这个本事。大朱老婆想着就来了醋意,暗道:看叫我逮着把柄再说!

这天晚饭前,再见大朱去打豆腐脑时,大朱老婆就跟了出去,看他到了豆腐脑摊前,她就远远地躲在另一家小吃摊的人堆里观望。果然,见大朱跟那个小寡妇满脸悦色地聊了起来,就想,他平时跟自己也没这好脸色过。小寡妇并不抬头看大朱，只是边忙活自己的，边答他的话，那样子更惹人可怜。大朱老婆心里比醋还酸，骂了句："狐狸精，真会迷人。"

轮到大朱了，他把小不锈钢锅递上去，小寡妇接过来还朝他一笑，便一勺一勺地给他盛豆腐脑，大朱就站在那里盯着她动作看。大朱老婆恨得牙根直痒痒，扭过头去，再一转脸，两个人的手竟连在了一起。顿时，大朱老婆妒火中烧，一步跳出人堆，大声喝道："大朱，你给我回来！"

大朱听到老婆的吆喝，吓得赶忙丢开了手，端起豆腐脑就走了。

回到家里，老婆指着大朱的鼻子道："你给我说清楚，你们到底是咋回事？"

"你咋呼啥，哪有什么事。"大朱急得直摆手。

"我亲眼见你跟那个狐狸精拉拉扯扯，你还不认账？"大朱老婆满脸涨红。

"瞎，瞎说，你想哪儿去啦，我那是不叫她找零钱了，她非要找，这才碰了她的手。"大朱笨拙地解释。

"你咋对她那么好，天天买她的豆腐脑，还不让找钱？"大朱这一解释，老婆更火了，"你说是她勾引你的，还是你没安好心？"

大朱也有点生气了，道："你咋说话恁难听，你听我跟你说。"

"好，我听着，看你咋说。"

大朱坐在椅子上，点上一支烟，说了事情的缘由。

还是去年股市好的时候，一天，大朱在门口跟人家吹他的股票，卖豆腐脑的女人就招呼他过去，问他买基金行吗，她攒下两万块钱，想再多挣一点儿，将来给儿子上学用。大朱一听，给她打包票说，肯定行，后来大朱还给他挑选了两只基金。谁知今年股市一个劲地跌，她买的基金全被套住了。那天，她对大朱说，她都亏了五千多块了，说的时候差点要哭了。大朱心里难过，想想人家孤儿寡母，还有个老人，省吃俭用攒点钱亏了那么多，都怪自己，当初打包票叫人买基金，不然咋会这样。他心里难受，有段时间都不敢出门了,怕见着她。后来,他对卖豆腐脑女人说:"你那些基金就算我的吧,我再给你两万块钱。"谁知她说啥也不愿意,她说:"那我成什么人了。"

说到这儿,大朱看着老婆道:"其实她是个心地很厚道的女人,我就想以后多买她的豆腐脑,有时候不叫她找零钱了,她说什么也不干,刚才不是也叫你看着了。"

大朱老婆没想到会是这么回事,问:"这么说你买的股票也被套了?"大朱点点头,老婆一戳他的额头,"你呀你,自己亏了还不算,还要坑别人,早说不让你炒股票,你非要炒,还吹,你等着跳楼吧你!"

老婆气呼呼地进厨房去了,一会儿又从厨房探出头来说:"回头我跟巧嘴嫂说说,叫她鼓动鼓动院里的人都买她的豆腐脑,唉,可怜的女人,都是你害的。"

大朱瞧着老婆嗔怪的样子,挠挠头,咧咧嘴,笑了。

薛大妈买菜

薛大妈家附近有个大菜场,大菜场里卖菜的都是租了摊位的,摊位上的蔬菜被摊主摆弄得干净整齐,当然价格也贵。

大菜场西面有一段路,路面常年失修,坑洼不平,这一带早晚要拆迁,也就没人管了。那些没租摊位的,还有来城里卖蔬菜瓜果的农民,便在路边摆起了摊,这里的菜价要比大菜场里便宜多了。那些有钱不在乎的,都去大菜场,而会过的人家,都来这路边。

薛大妈节俭会过,都是到路边来买菜,而且总买那些农民自家种的蔬菜,他们的菜更便宜。薛大妈买菜有经验,那些卖菜的,谁是二手谁是原创一眼就能看出来。

这天一早,薛大妈推着小车来到路边菜场,老远的见一农村汉子拉着辆平板车,一小女孩跟在旁边。小女孩转脸看见薛大妈,便拉拉汉子说了什么,汉子便把车停在路边。等薛大妈走近,小女孩便转过脸去,那汉子朝她道:"大娘,买土豆吧,才从窖里起出来的。"

薛大妈看看汉子满满一车的土豆,确实新鲜,还沾着细细的沙土,可年三十那天她买了一堆土豆,全家人吃土豆都吃腻歪了,本不想买,谁知汉子说只要5毛钱一斤。薛大妈大吃一惊,整个市场的土豆都要到两块钱,最便宜的也一块五六,这汉子是咋啦?

薛大妈急忙冲汉子摆摆手,压低声音道:"你是新来到吧?"汉子点点头,"你新来乍到不了解行情,像你这样的土豆都卖到两块多钱,快别按这个价要了,大老远的拉来还带个孩子,不容易。"

没想那汉子说:"大娘,俺知道价,这土豆是俺自家种的,够本就行,俺还有事,想早卖完早走,你要看便宜就多买点吧,土豆能放。"

薛大妈才明白人家是有意便宜卖的,便说:"那也太便宜了,这样吧,我买10斤,按一块钱一斤给你。"

薛大妈叫汉子给她称了10斤土豆,拿出10块钱给汉子,汉子非得要找她5块钱,薛大妈不要,可汉子抓着小推车不叫她走:"大娘,你这么好心,俺都想白送你,说5毛就5毛,俺一分也不多要。"

薛大妈看汉子态度坚决,只好接过汉子找给她的5块钱。

当薛大妈推着小车往回走的时候,迎面遇上几个邻居,有人问薛大妈:"薛婶来得好早,土豆多少钱一斤?"薛大妈道:"5毛钱一斤,你们快去买吧，多好的土豆。"邻居们一听，都不相信，薛大妈解释说："人家有事等着走，那不，就在那儿。"

邻居们顺着薛大妈指的方向，就看到了卖土豆的汉子，随即蜂拥而去，等赶到跟前一问价，汉子竟要1块5。他们不愿意了："你刚才不还卖5毛吗，怎么看着买的人多了见风就涨。"汉子不承认，说他从没卖过5毛钱的价。邻居们便指着就要消失在市场尽头的薛大妈："就是那个老太太叫我们来买的，俺们是邻居，她还说你有事等着走。"

汉子明白他们知道了底细，只好承认："我只按5毛钱的价卖了那个大娘一份。"有人无理说："那不行，卖她就得卖我们。"汉子不愿意，围着他的人便吵了起来，小女孩吓得直往汉子身后躲。汉子突然大声道："跟你们实话说了吧，俺不光想便宜卖给那个大娘，要不是怕她不愿意，俺都想不要她的钱。"

众人愣住了。

"为啥？"

"她是你亲戚？"

汉子摇摇头："不是，可俺认得她。"接着汉子说了事情的原委。

年三十那天，汉子带着老婆孩子来城里卖菜，本想早点卖完再买点年货回家过年，谁知到中午了，土豆还没卖完。那天天真冷，还有零星的小雪。过年了，很少有人买土豆，汉子想把土豆拉回去又不甘心，正犹豫着，突然老婆肚子痛，痛得直冒冷汗，汉子只好拉老婆去医院，叫女儿在这守着土豆等他回来。走的时候，他告诉孩子，要是有人愿意都要完，就便宜 半卖给他。他送老婆走后，薛大妈刚好来到菜市，她是赶来买姜的。看一个小女孩雪天里守着一堆土豆卖，感觉奇怪，问她为啥不回家过年。

小女孩说爸妈去了医院，又说："奶奶，这些土豆你都买了吧，便宜给你，妈妈看病回来，俺好回家过年。"薛大妈心里一酸说："你等着，我

回去推小车来。"

薛大妈把土豆按原价都买走了。当汉子带老婆回来时,远去的薛大妈只留下一个背影。

那汉子说完,眼睛里竟有亮晶晶的东西在闪。

"俺是想给大娘菜,怕她不要,才要了5毛钱的价。"

众人听罢都无语了,随后纷纷称赞汉子有情有义,不再给他讲价钱了。当他们称好土豆准备付钱时,那汉子说:"既然你们都是大娘的邻居,俺也按5毛的价卖给你们一回。"

可是,没有一个人同意。

福　星

新房子装修好便开始看家具。

在家具城看了一个上午,订了一套客厅的家具,沙发、茶几、电视机柜,三件花了三万多块。订完货,走出这家店铺的时候,一个人跟在后面说:"咋也不讲讲价,会讲价的能少花好几千块哪。"

我转脸看看说话的人,身上很脏,样子很丑,不知是干吗的,便不愿接他的话茬,只道:"东西好就行。" 走远了,听他像是在对别人说:"看样像个公务人员。"

几天后,接老板电话说家具到了,第二天送货。

第二天一早，我便去新房子等候。等了很久，听到了敲门声，打开门，我愣住了，眼前竟是那个相貌丑陋、嫌我不讲价的人。他喘息着告诉我："俺是送家具的，电梯停电，俺爬楼上来的。"

　　我这才明白他为什么嫌我不讲价，因为他了解卖家具的底细，只是不理解老板雇用了他，他反倒不向着老板说话。

　　我的房子在16层。我问："电梯停电了家具怎么搬上来？"他说："那我扛上楼，你再添10块钱行吗？"

　　"不行！"我断然拒绝了他。倒不是在乎这10块钱，是怕这么高的楼层，把家具碰了摔了咋办。

　　"对老板咋恁大方，对俺咋恁小气呐，就10块钱也不愿出？"他可怜巴巴地说。

　　"不是大方小气，这么高的楼，你怎么扛？"

　　"这你甭管了，保证东西不碰不摔。"

　　"不行不行，你还是回去吧，等来电再说。"我坚决不同意。

　　他为难道："包装我都拆了，咋拉回去？"

　　"家具没进屋，你就拆包装，什么意思？"我有点冒火。

　　我知道他是想要那些包装纸卖钱，怕搬上楼来不给他了。看他样子憨厚，竟耍这种把戏，没有了外包装，家具碰损了咋办。

　　我越想越气，不由得对他吼道："合同上签好的免费送货，钱我一分也不多给！你回去吧。"

　　他被我生气的样子吓住，愣了愣，下楼去了。

　　我在房间里又待了一会儿，锁好门刚要下楼，忽然听到电梯的铃响，转过身只见电梯门开了，那家伙兴奋地从电梯间里跳出来，像个小孩子似的冲着我："大叔，谢谢你，你真是个福星！"

　　我被弄糊涂了："谢我什么？"看他那相貌，真分不清谁该叫谁大叔。

　　"回头再跟你说。"他边说边把家具从电梯里搬出来，告诉我还要再搬几趟，又乘电梯下去了。我回到屋里等着。那家伙把家具全部搬进房间后，用手背擦着头上的汗，咧嘴笑着说："大叔，幸好你刚才没答应俺。"

"到底什么事？"我莫名其妙。

"刚才俺打电话给老板，问咋办，老板叫俺扛上楼，钱公司付，多给俺加20块钱。你说咋恁巧，又来电了，刚才你要是答应俺，这钱不就挣不着了。大叔，你说你不是俺的福星是什么？"

竟然是这么回事。望着他欣喜若狂的样子，我心底竟涌出一种说不出的味道。

"大叔，你可千万别跟老板说来电了，俺挣俩钱不容易，老婆孩子都在乡下，都指望俺这俩钱了。"看我没表态，又说："老板也太黑，这一单生意就多挣你几千，你当时咋不狠狠压价？他的钱不坑白不坑。"

他认为自己是在坑老板的钱，想叫我帮他瞒着，其实，他完全可以不把事情告诉我。不知为什么，我突然对这个又脏又丑的家伙有了好感。

"你多大了？"

"快30了。"

难怪他叫我大叔。我笑说："你太实诚了，刚才的事，你不说谁都不知道，老板也就永远不会知道了。太诚实会吃亏的。"我以长者的口吻教导他。

他憨憨一笑："俺有话藏不住，再说你给俺带来福气，俺哪能不谢你。"

听了这话，我真感到惭愧。他依然那么执着地叫我福星，把他的幸运算到我头上。

20块钱竟会叫他如此兴奋，我不由生一种复杂的情感。突然，我冒出一个念头，想再给他一个惊喜，成为他名副其实的福星。

我从口袋里掏出20元钱说："家具完好无损，我再给你一点儿小费。"

他连连摆手说："哪能哪能，又没给你扛家具，再说你那些纸壳子俺也能卖些钱，有的人家就不让俺把纸壳子拿走。"

他说什么也不要钱，这是我没想到的。

我把剩余的家具款交给他，他往腰里掖好，说："这老板价钱要得高，东西倒是好东西，看大叔屋里的家具都是名牌，是个公务人员吧？"

我笑笑，没回答，送他进了电梯，他又好心地告诫我："大叔，以后买东西要学会砍价，钱再多也是自己挣的，也不容易。"

电梯门合上了，我回到屋里。没多久，老板打来电话，问我家具进屋了吗，是否完好无损，余款交给送货人了吧，最后问："电梯是不是停电了？"

我举着手机，略微一停顿："是，停电了，他一件件扛上楼的，累得不轻。家具没一点儿磕碰，谢谢。"

我头一次撒谎撒得这么圆满，而且还没有一点儿心理上的不舒服。假如他没把"坑"老板的事告诉我，说不定我就会说："是的，停电了，又来电了，真巧。"

是的，我肯定会这么说的。

寻找老邻居

马定宽是省里最年轻的厅级干部，这次回到阔别近 20 年的故乡小城，真有点衣锦荣归的感觉。

　　下了车，马定宽几乎认不出小城的样子了，他告诉县里的领导，自己的童年就是在这儿度过的。县领导听后大喜过望，问他以前住在什么地方。他说了那条街、那条巷的名字，县领导说："那里现在可是大变样了。"他说："肯定是啊，我还真想去看看。"县领导忙表示，一定亲自陪首长去。

　　处理完公务，马定宽在县领导的陪同下，去了他童年生活的地方。他还记得原先的街道都是青石铺路，自己住在一个大院子里，里面有十多户人家。现在，眼前已完全是另一个世界了，拥挤的院落、老旧的瓦房都没了，取而代之的是高耸的住宅楼和柏油街道。

　　马定宽问："不知道那些老邻居们还住不住在这儿？"县领导回答："当年拆迁，大多数拆迁户都搬到别处居住了，这里新建的住宅楼价格太高……"说着，见马定宽脸上现出失望的表情，忙问，"那些老邻居都叫什么名字？我派人去找找看。"

　　马定宽说了郭叔、张大爷等一串小时候对这些长辈的称呼，没有一个完整的名字。旁边立刻有人拿笔记了下来，交给县领导，县领导头疼地看着那份名单，叫下面人去打听打听。马定宽说："有可能的话，尽量找到他们，我是真想见见老邻居。"县领导连连点头。

　　工作人员到处寻找线索，最终在小城的各个角落，寻找到了马定宽的九家老邻居，唯独郭叔没有找到。县领导觉得这已经很不错了，就在小城最好的酒店备了宴席，让马定宽与老邻居叙旧。

　　马定宽拒绝了去那个豪华酒店的安排，说："既然是要见我的老邻居，那就由我来请他们吃顿便饭吧。"

　　老邻居都被请到了招待所，马定宽与老邻居一一相认，那些长辈们都叫他"小宽"。这个童年时的称呼，让马定宽心里热乎极了。张大爷、薛大妈、李婶……认到最后，他才发现少了一个最想见到的人，就问："郭叔怎么没来？"张大爷忙答："你郭叔我多年没联系了，不知道他在什么地方。"马定宽说:"我是真想见见郭叔,请各位都帮着打听打听吧。"

众邻居都没想到小宽这么念旧,印象中郭叔并不是太喜欢他,可他还那么惦记着郭叔,这是咋回事?

叙旧宴后不久,马定宽要回省里了,又想起了郭叔。这回张大爷有消息了,说郭叔还住在一个棚户区,前些年在煤窑下井时出了事故,脑子被砸坏了,黑心的矿主只给了很少一点钱,现在还昏迷不醒。

马定宽问:"郭叔还有没有治好的可能?有的话煤窑一定要负全责医治。"

有了马定宽这番话,县领导安排郭叔进了全城最好的医院,还从省城请来名医做了手术,郭叔终于醒来了。

知道郭叔醒来,马定宽特地从省城赶回家乡看他,这事在小城里引起了不小的轰动,来了不少媒体记者。

郭叔还在睡觉,马定宽走到病床前,叫了声:"郭叔……"床上的人醒了,怔怔地看着他。马定宽道:"我是小宽呀!"床上的人坐起来,问:"你是省里来的那个马首长?"马定宽疑惑了,仔细辨认着眼前的人,才发现这人不是郭叔。床上的人突然下床要跪下,说:"我不是你的郭叔,可你是俺的大恩人。"这下,县领导的脸都变色了,急忙叫人去找张大爷。

张大爷到了后,把马定宽叫到一边,小声说:"你为啥非要见你郭叔?可他不愿见你。实话跟你说吧,他当年最不喜欢你,没想到你能当这么大的官,说你想见他,一准是想羞他说你没出息,你说是不是这样?"

马定宽没回答张大爷的问话,只是笑道:"所以郭叔就找了这个矿工来骗我?"张大爷点点头:"你郭叔叫我逼得没办法,才叫我把这个工友说成是他,说你知道他脑子被砸坏了,就不会再要见他了。还有,你郭叔之前为这个工友找了很多部门,可没人管,把他说成是你的邻居,也是想看看会不会有人帮他。没想到你竟做了件大好事，他替矿工全家谢谢你，叫我带话给你，小时候真看错你了，你比谁都有出息，他更没脸见你了。"

马定宽听得出郭叔的话里有真话也有讽刺。的确，他知道小时候郭叔最讨厌自己。有一回大年初一，他把炮仗点燃放进郭婶的尿罐子里，尿罐子炸裂了，郭婶却没发现，晚上小便漏了一地。郭叔当然猜得出是谁干的，他私下找到小宽，虎着脸说："你不承认我也知道坏事是你干的。院子里的这帮孩子就数你脑子灵，可就是不用到正事上。你做了好事，人会记着你；你做了坏事，人也会记着你。你这样下去就是蹲监狱的料，将来这院子里的孩子谁都比你有出息……"那天小宽被骂哭了，他把郭叔的骂牢牢记在心里，从此像变了个人，他不愿人们只记得他做的那些坏事，也不愿做那个最没出息的人……直到他当了领导，每当遇到诱惑的时候，他都会想到郭叔的那顿骂，是郭叔的骂成就了他今天的出息。他那么想见郭叔，实则是想感谢他。

张大爷听完这一切，愣住了，半天才说："我这就去告诉你郭叔。"

马定宽回到病房，对众人说："不管这位矿工是谁，老百姓的事就是我们的事，我们就要管。"说到这里，他看了一眼县里的那帮人，接着道，"郭叔带话替矿工全家谢谢我，可真正应该被感谢的是他。小时候郭叔对我说过，你做了好事，人会记着你；你做了坏事，人也会记着你。这句话我永远都记着，你对群众做了什么，好事还是坏事？老百姓心里会有一本账的。"

这一席话让大家都沉默了，这时，人群后面突然有人喊了声："小宽。"马定宽一看，那人正是郭叔……

15年前的茅台

老校长马上就要退休了,谁能接他的班还是个悬念。大家都认为最有可能接班的是校长助理周冲,因为他是老校长一手培养提拔的,老校长走了,位子准会留给他。

周冲知道老校长器重培养自己,主要是因为自己的聪明能干,但还有一点他从未对人提起过,就是15年前,他们这批大学生刚刚分配到学校时,他给老校长送了一瓶茅台酒。他一直认为,那一步也极关键,为他的事业奠定了一个良好的开端。

刚刚分配到学校时,他立志要干出一番事业。他深知同领导搞好关系是最重要的,听说校长喜欢喝酒,他便积攒了两个月的工资买了一瓶茅台。那是他头一回给人送礼,他永远也忘不了迈出那一步有多么艰难。那天晚上,他怀里揣着茅台酒,在校长家门外犹豫徘徊。他不知见到校长该如何说,既怕被校长拒绝的尴尬,又怕被校长发怒赶出来。斗争了很久,最终他鼓起勇气,硬着头皮,敲开了校长的家门。好在校长不在家,接待他的是校长的老母亲,他进门后,把酒往桌子上一放就逃走了。

果然,在同批来的大学生中,他备受领导青睐。老校长手把手地教他,培养他,提拔他到现在的位置。但他能否接替老校长,他自己心里也没底。因为他感觉,近来老校长与他的感情有点疏远,反倒不如另外两个竞争对手。虽说他在上面也疏通了一些关系,但他明白最最关键的还是老校长。

晚上他跟妻子商量。妻子说:"这个关键时候,你可千万不能疏远老校长。"他说:"很久没去老校长家了,这个周末买两瓶茅台酒去老校长家坐坐。"妻子说:"都啥年代了,哪里还有送烟酒的! 听人家说,如今送礼都是一个信封。"

周末,周冲与妻子来到校长家。老校长见到他俩特别高兴,无论如何要留他们吃晚饭。周冲摸摸口袋里的信封,那里面装着 2000 元钱,他愁的是如何把它交给老校长。犹犹豫豫就在餐桌旁坐下来。

老校长只有一个儿子出国了,家里只有他和老伴。他叫老伴弄几个菜,说他今天要与周冲喝酒,还要喝个痛快。

周冲妻子也进厨房去帮忙。餐厅里只有周冲和老校长。老校长突然想起什么说:"也没什么好的招待你,今天就叫你看样好东西。"说着,打开酒柜,拿出一瓶酒。周冲盯着老校长手中的那瓶酒一怔,那是一瓶茅台,而且是一瓶老式包装的茅台。他突然记起 15 年前的那个晚上,他送给老校长的,就是跟这个包装一模一样的茅台。

老校长道:"这酒的来历我给你说一说。那是 15 年前的一个晚上,一个不知名的青年人送到我家里的。他放下酒就跑了,当时家里只有我母亲,她年龄大了,没拦住他,也忘记了问他姓名,我猜想他可能是找我有事,不是学生上学,就是调动工作,一定还会再来。那个时候,一瓶茅台酒要顶你们大学生两个月的工资,这酒我就一直放着,想等那个青年再来时退还给他。谁想这一等就是 15 年,至今也没等到那位青年。我马上就要退了,估计那青年人也不会再来,今晚我们就把它喝了吧,反正如今一瓶酒也不算什么了。"说完,老校长打开了瓶塞,顿时酒香满屋。

周冲眼睛有点潮湿,他急忙低下了头。他还从未喝过这么香的美酒。饭后,他摸摸衣袋中的信封,把它又带了回来。

一个月后，周冲接替了老校长。上任以后，他同妻子去看望老校长，老校长的老伴在厨房里给妻子说了一番话，妻子转述给周冲，令他大吃一惊。

原来，那个周末听说他们要来，老校长就对老伴说："他是无事不登三宝殿，今天我倒要看看他如何表现。"其实，在老校长心里，还是周冲最聪明能干，是接替他的最佳人选。但老校长又对他近来总和上面的人搞关系很烦，他最恨那些买官跑官的歪门邪道。所以，究竟选谁接班，他还在犹豫，就看今晚周冲的表现。

还好，老校长对周冲那天晚上的表现很满意，他觉得还是自己多心了，看来周冲并未被污染。老校长下定了决心，选他接班。

听完妻子的话，周冲陷入沉思中，看来他的确应该好好想一想，如何才不辜负一片苦心培养他的老校长。

画 手

国画大师莫教授带有两个学生，一男一女，男的叫朱孟，女的叫滕香。女的伶俐乖巧，男的敦厚沉稳。两个人莫教授都喜欢，可相比滕香的灵活机巧，莫教授更喜欢朱孟的刻苦扎实。莫教授常常话含隐喻地开两人的玩笑，希望他俩能结成连理，优势互补。

朱孟根本听不出导师话中的隐语；滕香倒是听出来了，但她却瞧不

上朱孟，嫌他过于老实，将来不会有太大出息。

莫大师最擅长人物画。人物最难画手，最传神是眼睛。手要画好，非下苦功不行；眼要传神，需有灵气，要与画中人物灵犀相通。画人物眼睛，滕香有先天优势，远胜朱孟；画手，滕香竟不如朱孟十分之一。

莫教授常指着滕香画中人物的手批评她，要她多向朱孟学，要下苦功。滕香这时就会不满地白朱孟一眼，朱孟却浑然不觉。滕香就来气，认为他心里得意表面还装。

滕香知道自己根本无法跟朱孟学——她缺少他那份勤奋。朱孟的全部生活都在画室里，似乎他活着就是为了画画。而滕香不会这样，她要化妆打扮，要逛街，要去歌厅，她永远也下不了师兄那功夫。

莫教授常慨叹："论天资谁也比不上滕香，她要能有朱孟的刻苦勤奋，那就没人能比了。"滕香一撇嘴，心里暗暗与导师顶嘴，就这你那得意弟子也难比过我，不信走着瞧。

新一届青年美术家画展又要开始了。本来莫教授鼓励两个人都去参展，叫他们好好准备作品。可临到最后，莫教授改了主意，他看着滕香送交的作品说："人物画手你还差得远，去了也白去，这次画展就不要参加了吧。"莫教授是怕弟子影响了他的名气。

滕香噘起嘴。参加高级别的美术展是她盼望已久的，若能在这种权威性画展中获奖，不单在国内美术界会奠定一定位置，还可能一举成名。滕香不满导师的决定，一句俗语到嘴边又咽了下去，那俗语是：是骡子是马总得叫人拉出去遛遛。

寄交作品的最后期限就要到了，朱孟由导师选定作品后报了上去，而滕香却瞒着导师偷偷向大赛组委会寄交了自己的作品。

大赛组委会本来是邀请莫教授担任评委的，因有自己的学生参加，莫教授采取了回避。美术展经过初评、复评，获奖名单终于出来了。看到获奖名单，莫教授大吃一惊。他万万没料到排在头一名的竟然是滕香，而他最得意的弟子朱孟却屈居第三。

无论怎么说,美术展的前三名竟有两个是莫教授的学生,这事引起了轰动,记者们蜂拥而至,请莫教授介绍自己的学生,评论他们的作品,特别想听听大师对此次美展评价最高的滕香那幅作品看法。

面对学生所取得的成绩,莫教授既高兴又尴尬,竟不知如何评说。两幅作品都取自同一个题材,画的都是一个翩翩起舞的少数民族女子,体态婀娜,美丽动人,曼妙传神,神情似乎还都有点像滕香。当然从线条笔墨上来看,朱孟的画更见功力,特别画中少女轻盈舞动的纤纤玉手,竟给人一种柔软可触、呼之欲出的感觉,绝非一般画家所能画出。

然而,为什么却是滕香得了第一名?因为滕香根本没有画手,滕香画中少女的手是虚的,那虚拟中的少女之手更给人无限的遐想,旋舞中的少女似乎在不停地变换着各种舞姿,令人目不暇接,妙不可言。

朱孟的画,专家给予的评价是,功力技巧一流,但画风太实,难以给人联想遐思,回味太少,缺少余音绕梁的韵味。而滕香的画正是胜在朱孟的欠缺上,莫教授对她这种以短克长、藏拙取巧的胜出,说不出是欣慰还是悲哀,面对记者的提问,竟无言以对。

滕香在一边得意地笑了。朱孟没有不平,只是淡淡平和地对师妹道:"你这是投机取巧……"滕香一撇嘴:"忌妒……"朱孟厚道地笑笑,没反驳。莫教授半开玩笑半哀叹:"现在就兴这个,演员是相貌丑的出名,作品是没人看的获奖,画画当然也就画不如不画的好了。"

滕香脸一红,对导师嗔道:"老师就是偏向……"

研究生毕业,两人都留校当了教师。两个国画俊才,人们都希望两人能珠联璧合,结为连理。朱孟在导师及众人的怂恿下,便向滕香表达了这层意思,可滕香却嫌他愚笨,还是瞧不上他。她对朱孟表示,唯有朱孟能胜过自己,此事才可考虑。

又一届美展开始筹备了。想必是朱孟受了刺激,想暗中使劲,这回寄交的作品谁也没有透露,连导师也没给看。滕香反倒是一回回把作品拿给莫教授提意见。滕香的画技日臻成熟,人物画手虽还远不如朱孟,但也大有长进,且她依然藏拙露巧,将人物画得亦虚亦实,剔透朦胧,更给人以想象的空间。对本次大赛的结果,莫教授预测说:"按照当今的评选标准,滕香准又获大奖无疑,朱孟无望了。"教授说的"无望"当然有两层含义。

大赛结果出来,夺魁者竟是朱孟。

朱孟递交的作品,令所有的人都为之震惊。专家给出的评价是:为数十年来所罕见的惊世之作,开美术史之一代先河。

画作上只画了一双绝美的少女之手。柔荑玉手,毫发毕现,栩栩如生,充满质感。虽然只是一双妙手,你却分明感觉到那是一个月貌花容的绝世女子,在干啥?舞、耍、戏、弄、拥、唤……你尽可以想象。

正当莫教授和滕香对着画作瞠目时,朱孟对滕香颇怀深意地一笑说:"这个我也会……"

从此朱孟不再作画,改行干了行政,最终做了院长。

滕香是院长夫人。

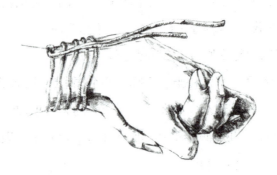

奇怪的符号

头一回收礼

全市卫生系统开展廉洁医务人员评选活动,第一医院确定上报的廉洁典型是肿瘤科医生旭丽。

公示三天,就在医院准备将旭丽的材料上报市里时,党委李书记接到举报电话,说就在昨天晚上,有病人家属给旭丽送礼,她也收下了。虽然打电话的人没说自己的名字,但李书记还是听得出,那人是肿瘤科的徐锡,他和旭丽住对门。有一回,徐锡刁难一个晚期肿瘤病人家属,嫌人家没送礼,旭丽看不过,跟他吵起来,院里知道了这事,通报批评了徐锡。这会不会是他在诬陷旭丽?

李书记把旭丽找来,问她昨晚是不是接受了病人的东西。没想到旭丽立刻承认了。

书记一怔:"院里已树你为典型,你这是……"

"我不想做这个典型,还是另选别人吧。"说完,旭丽转身走了。

李书记气得半晌说不出话来。他与旭丽是大学同学,一起来到这所医院,他了解旭丽,不相信她会收病人的礼物,可他不明白她为什么会一口承认收礼的事。他抓起电话给旭丽打过去,要她把病人送的东西交到院党委来。第二天,旭丽还真把两瓶五粮液放到了他那宽大的办公桌上。

书记看着桌子上的酒,真不知如何是好。按说两瓶酒实在算不了什么,可连旭丽都开始收病人的礼物,还哪里去找廉洁的典型呢! 李书记真希望旭丽不承认这件事,他要她把送礼的病人找来,要亲自把酒退给人家。旭丽迟疑了一下说:"病人已经走了。"

李书记从旭丽的迟疑中产生了怀疑。他知道旭丽的脾气,十几年来,就连病人请吃饭她都不去,怎么会收礼物呢? 而且又是在敏感日子里,是不是有特殊原因。李书记似乎看到了一线希望,对旭丽道:"等病人再来时,你把病人带到我这里。"

两天过去,旭丽依然没带病人来。书记越发怀疑旭丽收礼的事,他打电话找来徐锡。

徐锡一进办公室,李书记便开门见山:"那天是你给我打电话举报旭丽的吧? "

"没有。"徐锡矢口否认。

"还要我放电话录音吗? "李书记瞪了徐锡一眼,其实,那天他并没有按下录音键。

徐锡只好承认。李书记问他是怎么知道旭丽收礼的,徐锡说是从猫眼里看到的。书记指着办公桌上的五粮液问:"是不是这两瓶酒? "

徐锡摇摇头说:"不是酒,是一大口袋东西。"

"啊? "书记愣住了,"一大口袋? "

徐锡点点头:"我看得清清楚楚,是一个大口袋。"

"你认识那个病人吗? "李书记又问。

"当然认识。刚才我来的时候,还看见那两个老人在等候放疗,给旭丽送礼的是他们儿子。"

"我们看看去。"

李书记同徐锡来到放疗大厅,徐锡指着两个衣衫褴褛的农村老人道:"就是他们,老头是病人,老太是来陪老头的。"说完,朝他们招招手,要他们过来。

两个老人走过来,书记看着老人贫穷可怜的样子,心里发痛,这么贫困的老人,还要给医生送礼,行业不正之风真是不刹不行了。

"这是我们医院领导。"徐锡指着书记,然后又问:"你们儿子呢?"

老人听说是领导,显得有些紧张,不明白为什么要找他儿子,还是老太回答:"回家忙活去了。"

"李书记想了解一下,你儿子是不是给旭医生送了一口袋东西。"

一听这话,老人眼里露出害怕的神情,他不知该怎么回答,也不敢回答。这时其他一些病人围了过来,见老人不敢开口,便七嘴八舌替老人说了起来。

老人是从贫困山区来的,头一天交钱的时候,站在交费窗口,哆哆嗦嗦,数了又数,最后把身上一毛两毛的零钱都掏完了,还差一百多。老人急哭了,刚好旭丽医生经过,问了是怎么回事,便拿老人的病历看了看对会计说:"模具费不用收了,刚好有病人用过的,可以给他用。"

病人放疗时,要用铅做的模具遮挡病灶旁边的正常组织,避免射线损伤,同样部位的放疗,模具是可以反复使用的。旭丽经常把那些还能使用的模具留下来,为一些贫困的病人节省模具费。模具贵的要五六百块钱,便宜的也要一二百块钱。

会计重新算了一下,最后还退给老人 10 块钱。旭丽走后,其他病人都对老人说,可要谢谢人家。后来,老人又听一些病人说他们如何请医生吃饭送礼,才知道看病不光要缴费,还要送礼。

可他们身上只有这 10 块钱了,吃的是家里带来的煎饼,住的是商店的屋檐下。两个老人商量来商量去,当再见到旭丽时,便把那 10 块钱塞进她白大褂的口袋里。旭丽追上老太太,把钱给她,再三要老人放心。

老人落泪了,一个劲地说是遇到好人了,该咋谢人家。周围的病人说,旭医生是不会收你钱的,要谢她就从家里带些土特产来,兴许会留下。于是,老人就叫儿子给旭医生送去了一口袋家乡的特产。

当天晚上，李书记提着包来到旭丽家，把包放在桌上问："病人送的土特产在哪？我看看。"

旭丽有点不好意思，往客厅角落里一指，那里立着一个编织口袋。书记走过去打开，满满一口袋山芋。

"小伙子大老远背来了，不能再叫人扛回去。"旭丽脸红红的。

书记打开包，拿出那两瓶五粮液："那，这是怎么回事？"

旭丽脸更红了，看了丈夫一眼，丈夫只好如实替她说了。

"她不想当那个典型，自从公示以后，总听些刺耳的话，她受不了了，问我咋办？我单位也有人说，我也受不了，正好借举报的事，就出了个馊主意，买了两瓶五粮液，好不当那个典型了。"

李书记心里有些沉重，用手指着他们，最后什么也没说，起身走了。

奇怪的符号

李松离婚后，一直带着儿子冬冬单过，生活很难，他很想再找一个，但一直没有碰到合适的。他想找一个温柔贤淑的女人。

前不久，对门新搬来一户人家，只看见一个女人带着女儿，不见男的。那女人长得挺清秀，一副温顺柔弱的样子，有些忧郁，见了人总是低眉垂眼。见她这副样子，李松也就不好意思与她打招呼。不过，李松心里一直在琢磨，为何不见她家里有男人出现？

　　两个大人没怎么说话，两个孩子倒是很快混熟了，原来他们都在一个学校上学，还都上一年级，只是不在一个班。后来，李松从儿子嘴里知道了那女孩叫娜娜。娜娜说她没有爸爸了，她爸爸出国了，不要她们了。从此，李松再见到娜娜的妈妈，看到她柔弱忧郁的样子，心中竟产生了一种仗义行侠的念头，很想找个机会帮帮她。

　　这天，李松下班回来，老远就见自己住的楼下聚集了好多人，到跟前一看，才知道他们这幢楼很多人家的墙壁上，都出现了奇怪的符号，有的画"√"，有的打"×"。住户们惊恐万分，担心是小偷踩点的记号。众人议论纷纷，忧心忡忡，据说别的城市就曾发生过不明符号的情况，后来证实果然是盗贼踩点的记号。

　　李松急忙回到自己家，他住3楼，还好，自己家和对门的墙壁上没有出现奇怪符号。

　　接连几天，小区居民都在议论奇怪符号的事，但一直找不着答案。就在这时，从别的小区又传来，一晚上7家防盗网被撬、5家被盗的消息，居民们更恐慌了，一楼二楼的住户们，纷纷忙着加固防盗网。

　　街道、派出所都来人了，最后电视台的也来了，对奇怪符号录了像，并在本地夜新闻里播出，希望找到知情者。派出所也增调保安人员，加强对本小区的夜间巡逻工作，并加紧了对奇怪符号的调查。

　　李松一直庆幸自己住的三楼，没有怪现象发生，谁知这天下班回来，突然看见自己家和对门的墙壁上，也都出现了怪符号，他家是"√"，对门是"×"。

　　李松有点惊慌，他家没装防盗网，一般3楼的人家很少有装防盗网的。他害怕小偷夜晚顺着墙壁爬上来，据传本地新流窜来的一伙盗贼都有壁虎的功夫，看来还真要加强点安全措施。

　　吃过了饭，李松正准备去联系装防盗网的事，娜娜拉着妈妈敲门进来，进门就嚷嚷道："叔叔、叔叔，我晚上想在你家住。"

李松一愣，不明白咋回事。娜娜妈妈红着脸，十分不好意思地说出了她的请求。

今天回家，看到门口墙壁上的怪符号后，她和女儿都感到害怕，下周她又要上夜班，女儿吵闹着不愿一个人在家。当然，出现这种情况，她也不放心女儿一个人在家，可她是外地人，这座城市里又没亲戚。女儿说要到对门叔叔家里住一个星期，这不就拉着她一块过来了。

李松有点大喜过望，哪有不答应的，立刻就给娜娜分配好了房间，又要去铺床，被娜娜妈妈拦住了："晚上我来吧，我再从家里拿床被来。"

到了晚上，李松早早吃罢了晚饭，带着儿子去接娜娜。娜娜妈妈也过来帮着铺好了床铺，才去上班，娜娜夜里就住在了李松家。

一来二去，两个大人就熟悉起来。娜娜妈妈对李松感激不尽，她夜里上班，白天在家，又做得一手好菜，这天中午，就请李松爷俩，吃了一顿美餐。冬冬说还要来，李松心里当然也想来，但没敢说，他觉得还不到时候。

再说怪符号的事，自从在电视台播出以后，引起了全市人民的关注。这天，在另外一个小区，当两个人正在往住户的墙上涂写符号时，被群众当场抓住，送到派出所。一问才知道，他们是通信公司的业务员，是在给住户们办理开通有关长途的优惠业务。画"√"的表示已经办理了，画"×"的表示还未办理。派出所与通信公司联系，公司领导承认这是一种不规范行为，公司应承担责任，批评了两个业务员，并带他们来到小区，向居民们进行解释道歉，请居民们不必再恐慌。

李松站在人群中，听完解释后，感觉不对。就对通信公司领导说："我们家并未办理长途优惠业务，怎么会给打'√'了呢？"娜娜妈妈站在旁边也说："我经常要给家里打电话，早就办理这个业务了，怎么会给打'×'呢？"

两个业务员问："你们住在几单元几楼？"

李松回答说："5 单元 3 楼。"然后指指娜娜妈妈，"我们住对门。"

业务员说："不对，我们只对 5 单元一、二楼的住户做了记号。"

公司领导要业务员过去看看。那两个人跟李松他们到了 3 楼，看罢后肯定地说不是他们画的符号。

李松有点着慌了，娜娜妈妈也有点害怕。别人家的怪符号警报都解除了，偏偏他们的怪符号倒是真的了。李松说："不行，我要去报警。"娜娜妈妈也要跟着去，没想到娜娜突然说："叔叔别报警了，怪符号是冬冬画的。"

"什么？"李松有点吃惊，问冬冬："是不是你画的？"可冬冬不承认，还说娜娜："你怎么知道是我画的？"

娜娜说："那天放学的时候，我跟在你后边，到了楼梯拐弯的地方，看见你正在墙壁上画符号，我就躲起来，没叫你看见。"

"是不是这样？说实话！"李松呵斥儿子。

冬冬只好承认了，爸爸问他为什么要这样做。冬冬道："娜娜老笑我学习不如她，说她对的题多，我对的题少。我就在咱家的墙上画了个对号，在她家的墙上画了个错号，叫她错题，我对题。"

"你这小子，真捣蛋！"李松做出要打冬冬的样子。娜娜妈妈护住冬冬，对女儿说："你怎么早不说？"

娜娜道："我是故意不说的，妈妈上夜班，我一个人在家害怕，我想到叔叔家……"

原来如此，两个大人都明白了。

娜娜又道："妈妈，我以后还想在叔叔家住。"

冬冬也道："爸爸，我们两家就住在一起好啦。"

顿时，两个大人的脸都红了。

送礼别送黑芝麻

　　小马的亲戚从农村老家来,给他带来一些黑芝麻。老婆说:"这是个好东西,现在都流行吃这个,补的,营养价值高,听说经常吃,白发可以变黑发。"

　　等亲戚走后,小马对老婆说:"咱吃这个可惜了,年轻轻的补啥,更不需要白发变黑发,不如送给我们主任算了。"

　　小马的主任已有五十六七,头发全白了,可他风流不减当年,总把头发染得乌黑发亮。小马就是想到了这一点,才要把黑芝麻送给他,如果主任吃了他送的黑芝麻,真的白发变黑发,说不定退下来时,就会保举自己坐上主任的位置。老婆当然同意小马的想法。

　　当天晚上,小马就带着黑芝麻来到主任家。小马常来主任家,早已熟门熟路,甭看他是农村出来的,嘴巴甜得很,人也精神,主任夫人特别喜欢他。

　　主任和夫人都在家,夫人是识货的,见小马送来了黑芝麻,也说这是个好东西,现在都流行吃它。主任听说吃这东西可以白发变黑发,显得特别高兴,他摸摸自己的头,又拍拍小马的肩道:"好好干,将来要靠你们的。"

　　听了主任的话,小马很受鼓舞,回去后,兴奋得睡不着觉,跟老婆畅

想了一晚上的美好未来。

谁知没过两天，电视新闻中就报道说，本地惊现假黑芝麻。说是因盛传吃黑芝麻可以白发变黑发，且黑芝麻稀缺，有不法商贩，将普通芝麻染色，当作黑芝麻在市场上出售。

听完报道，小马惊出一身冷汗，担心自己送给主任的黑芝麻也是假的。他对老婆说："老家带来的，按说不会假吧，要是假的就坏事了！"老婆说："电视里不是说假的用水一泡，就掉色吗，可以泡试试看嘛。"小马疑惑道："叫主任泡泡黑芝麻？"老婆抿嘴一笑，到厨房端来一碗黑芝麻，原来她还留下一些。

两人把黑芝麻泡进水里，盯着看，半天都不见掉颜色，又等了一会儿，还不见掉色，用手抓起来搓搓，一点儿黑色都没有，看来他们的黑芝麻的确是真的。小马高兴得抱着老婆亲了一口，一块石头落地了。

不过小马还是高兴得早了点。第二天，小马见到主任的时候，发现主任的脸色很不好看，小马心中一凉，心想糟了，主任肯定是看了报道，把他的真黑芝麻也当作假的了。这如何是好？

下班回到家里，他把这事告诉了老婆，老婆说："那咋办？不然你就直接去跟主任说，你的黑芝麻是真的。"小马道："这怎么好说！"

两口子嘀咕了一晚上，一夜也没睡好。第二天上班，小马故意又去跟主任照面，看看动静，主任依然是满脸的愠色。小马这回是真害怕了，回到家里急得直问老婆咋办，老婆一急，智从中来，道："你就干脆去主任家，问问黑芝麻吃得好不好，好的话，再叫老家人捎些来，他要表示怀疑，你就趁机叫他用水泡泡，看看真假。"没想到，老婆真是个智多星，小马高兴得又在老婆脸上啃了一口。

小马又来到主任家，主任刚好出去了，就主任夫人在家，对小马还算热情。小马按照老婆说的，问黑芝麻吃得好不好，好的话再叫老家人捎些来。主人夫人说，黑芝麻还没吃，看了电视后就不敢吃了。果然他们对黑芝麻表示怀疑。小马就说他的黑芝麻是老家人带来的，不是市场上买的，百分之百是真的，不信可以当场检测。主人夫人就端来了一盆水，捧了一捧黑芝麻放进水里，泡了很久，水依然是清的。正在这时，主任从外面回来了，小马又从水里抓起一把芝麻，在手里搓了搓，伸手到主任面前，满脸堆笑道："主任你看，一点儿都没掉色，我说不会假吧。"

没想到，主任用手捋了捋头发说："那也说不定，你看我这头发，用了好药水染的，就从来不掉色。"

小马满脸的笑，顿时就僵住了。

青花瓷瓶

纪老爷子年近 80 了，依然身子硬朗，精神矍铄。

纪老爷子离休前是局里的领导，现在，局已改叫集团公司了。他不像别的那些干部，除了喜欢当领导，什么爱好都没有，一退下来，心理失衡，要不了几年就垮了。纪老爷子有爱好，有精神寄托。

纪老爷子最大的爱好就是收藏瓷器。打小他就喜欢拾碎瓷片玩，革命成功后，当了干部，拾碎瓷片的兴趣，便发展成了收藏瓷器的爱好。如今他收藏的瓷器不下数百件，家里布满了坛坛罐罐，其中最令他爱不释手的是那件青花瓷瓶。那是一件明代青花庭院仕女图瓷瓶，通体以青花为饰，瓶壁绘满庭院仕女图，亭廊内外有仕女两组，人物安然自得，栩栩如生,另有凤栖竹林,鱼戏池水,画面生动,意境典雅。他每天都要站在古董架前,拂拭把玩,若是有人前来观赏,他还会叫你看看足底,什么足底,就是瓶底,那是内行的话,足底青花双圈内,有一行"大明宣德年制"楷书款,证明这是真品。他还会告诉你,明永和、宣德时期是中国青花瓷器制作的黄金时代,这一时期景德镇官窑烧造的青花瓷器举世闻名。

不久前,纪老爷子从古玩市场带回一位台湾客人。那客人是个台商,准备来大陆投资的,他是个瓷器收藏迷,听藏友们说起老爷子的珍品,便随老爷子来到家里。老爷子巴不得有客人来观赏他的收藏。

台湾客人仔仔细细将青花瓷瓶看后,说:"老爷子开个价吧。"

纪老爷子慌忙摆手:"不不,多少钱我也不卖。"

后来,台湾客人又来过几回,每回来,老爷子都很高兴,都乐滋滋地看着那客人失望而归。

喜爱观赏青花瓷瓶的还有一个人,就是集团公司的现任领导,都叫他季总。每年春节,季总都要代表公司领导看望老干部。纪老爷子注意到,季总每回来都要在古董架前待一会儿,看看那件青花瓷瓶。

虽说纪老爷子把晚年的日子打发得安逸充实,但还是有烦心的事。

老爷子最小的孩子是个儿子,小夫妻俩本来都在集团公司的下属单位工作,后来公司效益不好,单位关了门,夫妻俩都下岗回了家。现在,儿子到处给人打工,生活艰难,全靠老爷子补贴,连小孙子上大学的费用,也全由老爷子包了。转眼间,小孙子大学毕业了,全家人却得了就业恐惧症。

如今谁都知道大学生就业的艰难,家有毕业生的家长们,四处为孩子托门子,找关系,没有办法的儿子,只好来找老爷子想办法了。

纪老爷子长吁短叹了一回,便去打电话。打一个,又打一个,最后绝望地放下电话,摇摇头道:"人走茶凉,谁还愿意帮我这个没用的老头子。"

老伴在一旁说:"你就不能找找季总,你不是常说他是你看中的吗?

过年他再来看你时,你跟他说说。"

老爷子被逼不过,看看可怜的儿子,长长叹了一口。

春节前季总前来看望时,老爷子终于张开了世上最难张的口。季总点头答应研究,老爷子注意到,他还看了一眼古董架上的青花瓷瓶。

季总走后,老爷子走到古董架前,将那青花瓷瓶端详良久,然后小心翼翼地抱到儿上,拂拭干净,对儿子道:"你把它送到季总家去吧。"

儿子和老伴都愣住了,不明白老爷子也会做送礼的事,纪老爷子对他们道:"你们哪里知道,这个瓷瓶原本就是他们家的。"

老伴吃惊地听老爷子讲起了20年前的事。

那时季总刚刚大学毕业,分到一个偏远地区,他父亲是局里的老技术人员,就一个儿子,身体又不好,便找到当时任人事处长的纪老爷子,希望能将儿子调回身边。季老爷子了解到季总是个高才生,了解到他家的困难,便费了很大劲,办成了这件事。季总父亲感激万分,知道纪老爷子有这个爱好,便把家传的那件青花瓷瓶送了过来。纪老爷子为官清廉,还从未收过人家的东西,不过盛情难却,他推辞不过,且太喜欢这件瓷瓶,就留下了。当时的瓷瓶,也就是个古董,不像今天完全成了金钱的象征。老爷子曾想过,他要留下遗嘱,等百年以后,还要将瓷瓶归还人家。纪老爷子把瓷瓶一直放在办公室里,离休后才带回家,所以瓷瓶的来历谁都不知道。

听老爷子说完,老伴道:"幸亏你20年前办了这件好事。"

老爷子看看老伴说:"哪里知道这件事办得好还是坏。"

老伴不明白,老爷子又道:"有三种可能:瓷瓶收下了,孙子的事也办了,这算是给我们自己办了件好事;孙子的事帮我们办了,瓷瓶又送回来了,这算是给我们企业办了件好事;孙子的事没办,瓷瓶又留下了……"下面的话老爷子就没说。

瓷瓶送走以后,一家人都在盼望等待,可一直没有消息。老伴叫老爷子催催，他哪里肯。那以后，每看到古董架上空下来的位置，老爷子便怅然若失，心中郁闷，身体每况愈下。

一日，儿子兴冲冲带来一个喜讯，说是一位台商将投巨资重组集团公司，下岗人员都要回去上班，还说是季总送了台商一青花瓷瓶，才击败了众多对手，赢得了那笔巨额投资。

纪老爷子听罢，精神为之一爽。这时，电话铃响了，是季总打来的，告诉季老爷子，公司准备招聘一批应届大学毕业生，他介绍了老爷子孙子的情况，经研究，决定录用。

顿时，老爷子泪如雨下，20年前还真办了件好事。

神马都是浮云

那是一个天气阴晦的下午，潘仲雨百无聊赖，闲逛到户部山下的古玩字画街。行人稀少，街道冷清，大多店铺都关了门。潘仲雨沿街漫不经心地溜达着，街两旁新添了不少叫人看不懂的仿古建筑，他想找个人聊聊，迎面见一家匾额上书写着墨香斋的书画店还敞着门，便走了进去。

店里已亮起灯，房间有教室大小，四壁挂满了书画。微胖，显得很和善的画店老板从案边站起表示欢迎。潘仲雨不懂书画，只是无聊，随便看看，忽然被一幅国画吸引过去。画面上是只大公鸡，昂首独立，怒发冲冠，竟与他曾挂在客厅的一幅画一模一样。潘仲雨奇怪，近前仔细看了画的落款题名,愣住了,真是他的那幅大公鸡。

那还是许多年前,一个同学为祝贺他搬进新居送与他的。同学的父亲是很有名的裱画师,凡本地画画好的都与他父亲相熟,都有画作送与他家。

同学邀潘仲雨到家里,拿出一卷卷画作叫他挑选。潘仲雨不懂书画,只凭兴趣喜爱选了一幅山水画。他平时就喜欢找荒僻无人的野山野水游玩。

同学看了他选的画,夸他好眼力,说这幅画的作者是本地画画最好的。潘仲雨说:"我哪里懂,只是喜欢画上的风景。"同学叫他再选几张,他说:"不要了。"同学随手拿出一张画,道:"一幅太单调,再给你裱只大公鸡吧,搬新家吉利。"

潘仲雨看了大公鸡,画意挺好就收下了。同学又告诉他,这幅画虽不如他选的那幅画得好,但作者背景不凡,是某大师的外甥。

同学把两幅画裱好送来后,潘仲雨就一直挂在客厅里,谁来了,都喜欢那幅山水,说大公鸡也好,吉利。

几年后,潘仲雨重新装修房间时,看看两幅画有些陈旧了,就没再挂上去。山水画实在喜欢,便用报纸包好,塑料袋密封收藏起来。那幅大公鸡,下面的画轴有些脱落,便和废纸一块儿卖掉了。想不到大公鸡竟跑到了这里。

"这幅画卖多少钱?"潘仲雨指着大公鸡问。

"10万。"老板站到了他旁边。

潘仲雨吸了口冷气:"怎么值这么多?"

"你看看是谁的画,现在他的画值钱了……"老板开始吹嘘大公鸡的作者。

潘仲雨听着听着,忍不住道:"这画是我扔掉的。"画店老板来了兴趣,潘仲雨讲了大公鸡的事,老板说:"没错,这画是我收来后又重新裱的,不过,当时收这幅画也花有一万多。"

此刻的潘仲雨真应了那句话,把肠子都悔青了。老板安慰他说:"这很正常,我经常遇到你这样的人,拿着宝贝不当宝贝。不过,谁能想到现在炒他。"

潘仲雨忽然想起另一幅山水,对老板道:"我还有一幅山水画,不知如何?"老板问:"谁的?"他想了一会儿,没想起来。老板说:"你拿来看看。"

因为丢弃大公鸡的懊悔与惋惜,潘仲雨便把安慰与补偿都寄托在另一幅画上。第二天,他把那幅山水画带到了画店,老板仔细看罢道:"这幅画画得真不错,比那幅大公鸡要强多了,可惜作者不出名,值不了多少,你收藏错了。"

潘仲雨感到失望:"画得好,咋还不出名?"

老板笑笑:"这就不好说了,画画好的人多了,成名的有几个?炒谁谁有名。"

潘仲雨指了指大公鸡问:"为啥炒他?"

"你知道他是谁的吗?"老板说了一个国画大师的名字,"那是他舅舅。"潘仲雨忽然记起当年同学也曾对他说过,只是没在意罢了。

"明白了吧?还有别的画吗?"

"没了,同学就送我这两幅。"

"你同学肯定有不少好东西,能请他过来看看吗?"

他说同学在外地,等回来再说。老板非要留他的电话,他只好给了老板。

回来后,潘仲雨再没去过那家画店,跟同学通电话时,也忘记了说这事。没想到画店老板没忘记他,就在一年后的一天,墨香斋老板突然打来电话:"潘先生吗?还记得我吗……墨香斋老板……"

潘仲雨举着手机愣了愣,终于想起了这位画店老板,他以为老板还在惦记着他的同学,便对着那边说:"哦,你好,哪能不记得,不过我的同学还没回来。"

"潘先生,我是找你,是想问你那幅山水画还在吗?"

"干吗?"

"现在又开始炒他了……"

老板告诉潘仲雨,山水和大公鸡两幅画的作者是从小的发友,都跟国画大师学过画,而那位大师最赏识的还是山水的作者,这段轶闻是最近才被挖掘出来的,现在市场上又开始炒这位山水画家了。最后老板道:"好东西就是好东西,这我早看出来了,你那幅山水,我愿用高出大公鸡的价格收购它。"

潘仲雨晕了过去。

那次从画店回来,这幅山水画他没再密封收藏,而是随手丢在凉台上,就在前不久收拾凉台,看看那卷画又脏又旧,便连同废旧报纸一块儿卖了。

此后,潘仲雨多少受了点刺激,变得有些絮叨,见谁都说他的画。两幅画的故事很快传遍了小城。

也是一个天气阴晦的下午,一个客人走进墨香斋,他指着本来挂大公鸡处的一幅山水问:"这幅画多少钱?"

微胖,显得很和善的画店老板说:"这幅画我收的时候就花了 10 万,你看着给个价吧。"随后又加了句,"现在刚刚开始炒这个人的画……"

那正是潘仲雨的山水画,画店老板从收废品的手里淘来后,就给他打了那个电话。

客人竟然是潘仲雨的同学。近来潘仲雨每与他打电话,总是絮叨那两幅画的事,他感觉潘仲雨有点反常,不相信他说的事,刚好回家来,就去了那家书画店。同学毕竟对书画界有所了解,他识破了墨香斋老板的鬼话,回来后告诉潘仲雨山水画也被墨香斋收去了,并说:"那两幅画的作者都还在,也没听说有那么大名气,都是那个老板自己在炒作,你还当真了。"

潘仲雨豁然醒悟,哈哈大笑,说了句眼下最为流行的话:什么都是浮云。从此不再絮叨。

钓 大 鱼

青龙湖渔场只准许在西岸垂钓,钓一天 40 元,月票还便宜。平时西岸不太上鱼,垂钓者钓一天,刚好够本钱。

不知怎的,这几天青龙湖西岸开始上鱼了,一个钓者一天竟能钓一二百斤鱼,钓多了就在岸边卖。湖岸上有钓鱼的,有看钓鱼的,有卖鱼买鱼的,还有看买卖鱼的,熙熙攘攘,好不热闹。

一般都是上午好钓鱼,可近几天,青龙湖出鱼的时间都在下午,还常有几十斤上百斤重的大鱼被钓上来。

这天下午,又一位钓者遇到了大鱼,鱼还没见面,只是打竿没挑动,他把鱼竿丢到了水里。这些天,碰上大鱼的钓者都是这样操作,拿不动就把鱼竿丢到水里,然后叫条游船,上船捞起鱼竿,就着鱼劲牵,鱼游哪儿,船跟哪儿,直到把鱼遛累了,再慢慢拉向船边,用抄网捞起。远处就有游船在等着,专供钓大鱼的人租用,每小时 40 元,一个新的游船收费项目。

再说那位钓者，还没等他自己招呼，周围的人已替他喊过游船。他上了船，捞起鱼竿，将竿高高挑起，像张弯弓，开始跟水下的大鱼斗智斗勇。

　　这鱼看来真不小，搏斗了许久，始终不与人见面，不过也怪，它不朝湖心跑，而是牵着船在岸边游，忽而往南，忽而朝北。堤岸上的人全都惊动了，不光是游人看客，就连那些钓鱼的也都丢下鱼竿，跟着游船来回观看。因为这一折腾，岸边的鱼全吓跑了，也没法钓了。

　　船上的人与水下的鱼搏斗了足有两个小时，还是没见分晓，最后，那鱼竟拖着游船向湖心游去。

　　看动静，这鱼大了，几天来还从没见过这样动静的大鱼，有人夸张地估计得有好几百斤，是这湖里的鱼王鱼精。

　　游船还在朝里划，远远的，已看不太清楚那位钓者的动作与表情，只见他手中的鱼竿还像弯弓似的。大家都替他急，在岸上替他出主意，争论可行的方案。其实船上的钓者什么都听不到，他就像海明威笔下的老人，一个人在湖中孤独地与大鱼搏斗，当然，陪伴他的还有那个划船的人，但他对这些都不关心，只计算着时间，到时好收钱。

　　天色渐渐暗下来，越来越暗，湖里的人与船已看不清了，岸上围观的人才恋恋不舍地离去，都说："这条鱼看来是拿不上来了。"

　　人都走光了，船上的钓者，收起了鱼竿，只听一声水响，一个"水鬼"钻出水面，扒着船舷翻进舱里。那"水鬼"掀开潜水面罩，长出了一口气，道："累死我了，咋样，场长这招还行吧？"

　　"行，你这一搅和，今儿就没大出鱼，渔场损失减少多了。"船上的钓者回答，"场长要你明天继续扮大鱼。"

　　"啊……"

噪 声难耐

　　二楼空调的室外机肯定是出了毛病，发出轰炸机一般的响声。

　　轰炸机已持续轰炸好几天了，似乎还没一点停下来的意思。相邻的住户们都受不了了，那轰轰的声音叫他们坐卧不宁，吃不好，睡不安。他们不明白轰炸机的主人怎么就受得了，一天到晚持续开着，不怕浪费电么。受害最大的要数轰炸机对门和楼上楼下的住户，西边人家已是另一个单元了，与轰炸机的位置还相隔一个房间，要好些。

　　轰炸机这一单元的住户都是同一个单位的，是当年单位集体购的房。轰炸机主人还是单位的一位领导。

　　几天下来，楼上的主妇实在受不了了，就对丈夫说："二楼空调坏了这么多天，怎么也不找人修修？你不敢跟你们领导说，我去找他！"丈夫连忙制止妻子："就你多事，空调坏了他自己会不知道，再说，住他对门的不比咱还吵，他都不出头，我们干吗要管。"丈夫这么一说，老婆就不吭声了。

　　楼上猜得不错，其实对门早就受不了了。女的患有失眠症，自从那轰炸机轰炸以来，她根本就睡不着，她早就想去敲轰炸机的门了。

　　"对门是咋回事，他自己就不怕吵吗？怎么老也不见他家的人？"女的说着又想去敲轰炸机的门。

"不许去！"男的呵斥，"给你说过多少次，吵又不是咱一家，楼上楼下的不吵？你等着就是……"

于是，对门男的就要求家人等着，忍着。终于，有天遇到楼上的男人，忍不住开口问："你们楼上吵不吵？"

"什么吵不吵？"楼上假装不明白。

"你楼下的空调坏了，楼上不吵吗？"

"哦，你说的是楼下空调的室外机，是有点吵，不过还好，声音是往下跑的，关上窗户就听不到了。"楼上男人说着自己的理论，又反问一句，"你对门住着，应该很吵吧？"

"不，不是很吵，最近老是刮东风，噪声都往西边刮了。"

"是吗——？"楼上男人拖长了声音，抬头看看天，根本没风，就在心里冷笑。

换了一天，对门男的又遇到楼下的住户，便问："你们楼上的空调外机坏了，吵不吵？"

楼下住户道："唔，楼上的室外机是有点毛病，声音不太正常，不过楼下还好，声音是往上跑的，关上窗户就听不到了。"

对门男的正在心里骂滑头，却听对方反问："你们对门住着，声音一定很响吧？"他一愣，忙辩道："不不，这一阵子刮东风，声音都往西边跑了。"

楼下住户抬头望望天，似乎没有一丝风，笑了笑，笑得很有深意，走了。

对门终于明白楼上楼下的都没指望了，只能寄希望于西面人家，好在西面人家是另一个单元，又不在一个单位，好说话。就不知西边住的什么人家，如何才能叫人家出面？

于是，对门男的就盼望着刮东风，他是受了自己的启发，刮东风，噪声就往西边跑了，西边人家受不了，就会出面。现在，他体会到什么叫只欠东风了。

这天,终于起风了,好大好大的风,是东风,还真是把噪声都刮到西边去了,因为大风过后,西边的人家就出面了,是位老太太。

老太太来到轰炸机门口,叫了老半天门也没叫开。老太太又使劲敲,楼上楼下都听到了很响的敲门声,都关着门不出来。对门还从猫眼里看老太太敲门,心急老太太咋不按门铃。轰炸机的门关得紧紧的,就是没人出来。老太太看看实在敲不开,才嘟囔着走了。对门失望极了。

没想到第二天又来了一个人,他没叫开轰炸机的门,便叫开了对门的门。来人向对门询问轰炸机的情况,对门男的十分热情地作了介绍,又问他是干吗的。来人回答是老太太的儿子,老太太不愿给儿女添麻烦,一个人单过,儿子来看她,是她叫儿子过来问问的。

第二天,老太太的儿子直接去了3单元户主们的单位,找到了轰炸机的主人。原来轰炸机主人早就在别处买了新房子,最近全家住到新房子里去了。他临走时没跟邻居们打招呼,恰好又忘记了关上空调,结果年久失修的室外机出了故障,扰得四邻不安。如果不是老太太的儿子找上门,他根本不知道这件事。

轰炸机主人十分感激老太太,要是那台大功率的空调机一直让它这样运转,不知要浪费多少电,交多少电费。他专程赶到老太太家,诚恳地对老人说:"谢谢你老奶奶!你真是个热心肠!"

老太太听了他的话,一脸茫茫然,她儿子忙过来说:"我妈耳朵背,听不清楚你的话。"

轰炸机主人大吃一惊,问:"她的耳朵背?怎么能听到我们家空调室外机的声音呢?"

老太太的儿子笑了,说:"我妈虽然听不见空调室外机运转的声音,但她看到你们家室外机的遮阳棚,被吹得不停地晃动,便知道那台空调机昼夜都在开着,于是便去了你们家想问问情况,可是没敲开门,这才让我过去的。"

轰炸机主人知道了事情的来龙去脉后，长叹一声，说："我们单元的住户都是同一个单位的，竟然没一个人知道我搬了家，也没一个人跟我说空调室外机的事，要不是这位耳朵背的老太太，真不知道它要开多久……"

世界名鞋

旺旺开了家鞋店，因为位置很僻，光顾的人少，生意不好。旺旺后悔不该为了省钱，租下这家店铺。旺旺总想改掉贪小便宜聪明过头的毛病，但总也改不掉。

这天下午生意冷清，旺旺及早关了店门回家了。回家路上要经过一个小巷，巷子狭窄得像断肠子，经常梗阻，旺旺来到巷口时，肠子又梗阻了。

旺旺好事，挤进事发中心，见一个凶神恶煞的家伙跨在摩托车上，吼着要一个小姑娘赔鞋。小姑娘推辆三轮，像是农村出来卖菜的，可怜兮兮，低着头不吭声。男人脚上一双崭新的世界名鞋被三轮车刮了道痕。

一个老人劝道，叫这闺女走吧，怪可怜的，卖一天菜也挣不了多少钱。

我这鞋两千多块，你赔？凶神恶煞朝老人吼。

老人不敢说话了。没人敢劝。小姑娘哭了。旺旺不知怎么就来了侠肠义胆,我赔你鞋!

你赔?凶神恶煞打量旺旺。

我开鞋店的,明天到我店里给你换双新的。

你说真的?凶神恶煞怀疑旺旺。说话算数,不然咱再找几个证人。旺旺问周围人,明天有谁愿意去我店里作证?

周围人被旺旺的仗义行为感动了,都喊着要去,也是对凶神恶煞施加压力。凶神恶煞同意了,放小姑娘走了。众人纷纷赞旺旺是个活雷锋,都说明天见,还说以后买鞋也要去他鞋店。

旺旺甭提多兴奋,心想要是这么多人去他的鞋店,再把他的仗义行为一宣传,他的小店还不火起来。今天的行侠仗义他真是一举三得,一是帮了一个弱小女子,二是不花钱就为小店做了广告,三是旺旺看准那双世界名鞋,修饰干净照样可以当新鞋卖,自己只能赚不会蚀。店里最贵的鞋也就五六百块,那双世界名牌可以卖两千多呢,他还没卖过这么名贵的鞋,这要往货架上一摆,岂不叫他的鞋店蓬荜生辉,上个档次。

旺旺越想越高兴,哼着小曲回家了。

第二天,凶神恶煞来到鞋店,还真来了一些热心证人,凶神恶煞在店里看了一会儿不愿意了,你哪有我这种牌子的鞋。旺旺说,你拣好的挑吗。凶神恶煞还不愿意,旺旺又说,两双换你一双总可以了吧?

凶神恶煞还就真挑了两双鞋走了。几个证人对旺旺赞不绝口,一个胖子还拍着他,没想到你一个开小店的,思想觉悟这么高,让你吃亏了。旺旺被吹捧得有点飘飘然,摆摆手,其实我一点儿不亏……话一出口忙又遮掩,要不是这样,你们咋能来我小店,我又咋能交这么多朋友,以后买鞋尽管来,保证给你们优惠。那些人直点头,都说一定。

等人走后,旺旺把那双带划痕的世界名鞋修饰一新,摆上了货架。

光顾小店的人还真比以往多了,可那双世界名鞋就孤零零一双,总没人肯买。这鞋卖不掉,旺旺可要亏了,他把世界名鞋摆在最显眼的位置,有顾客来,就过去促销,终于,还真叫他遇到了冤大头。

那天来一个人,憨头憨脑,进门后老是看那双世界名鞋。旺旺忙过去促销,最后一双,削价处理,五折优惠。那人拿鞋看了一会儿,还真的掏出钱买下了。旺旺激动地讨好道,要穿就穿名牌,这可是世界名牌。那人也不答话,只叫开票,旺旺想原来这家伙有地方报销。

当晚旺旺喝高了,第二天起得晚,刚到鞋店就进来几个人。旺旺笑脸相迎,那些人却一脸严肃,领头的竟然是昨天那个冤大头。旺旺感觉苗头不对,仔细一看,来者清一色的工商制服,他预感祸事到了。

冤大头现在也不憨头憨脑了,倒显出一副领导相,他叫人拿出那双世界名鞋,对旺旺道,这是假货,把你所有的假货都交出来吧。

旺旺吓呆了,结结巴巴,这,这怎么可能?

领导相的人说,鞋我们已鉴定过了,造假的手段还真高明,昨天我看了半天也没拿准。随后拿出发票,叫旺旺把钱退了,还要罚款。

旺旺小本生意,从没进过这么高档的鞋,当然没有研究,哪里分辨出真假。领导相的人便指着鞋说给他听。旺旺连连叫苦,擦着额上的汗,说了这双鞋的来龙去脉。领导相的人不相信,他便赌咒发誓。赌咒发誓也没用,领导相的人还是要罚款。

旺旺欲哭无泪。就在这时进来一个胖子,竟是那天来的还拍过他肩膀的证人,他像遇到了救星,没想到领导相的人竟然跟胖子叫书记。

胖子是工商局新调来的书记,他路过这里,见自己的同事聚在旺旺店里,感觉出了事。上次的事叫他对旺旺很有好感,一个做生意的小伙子如此仗义难能可贵,所以他便进来看看咋回事,怕有人刁难旺旺。

胖子再次为旺旺做了证,领导相的人随即表示免除对旺旺的罚款,还称赞了旺旺几句,只是那双世界名鞋不能再给他了。

旺旺还是亏了,先是后悔不该管闲事,不然咋会卖假鞋,后来想想又不对,不做好事,哪里会免除罚款。最终旺旺也糊涂了,弄不清到底该干什么不该干什么,他准备把这件事好好想想。

红薯飘香

老王年轻时就来到这座城市里打工,四十多岁才成了家,娶了个腿脚有残疾的女人,生活的担子都压在老王身上。现在老王五十多岁了,重活干不了了,可孩子还在上学,老婆又没有工作,生活还要靠他。老王便买了一个烤红薯的炉子,在路边烤起了红薯。

老王心灵手巧,红薯烤得透软香甜,那独特的烤红薯味老远就能闻到。老王卖红薯又从不短斤少两,人们都愿意买他的烤红薯,有时候还要排队等候,还有人从老远的地方赶来,专为买他的烤红薯。老王的生活又有了希望。

喜欢吃烤红薯的多是老人和孩子,就有一个老人,几乎天天来买他的烤红薯。那老人自己说有八十多岁了,总是穿一件褪了色的中山装,他每回来买红薯都要与老王聊一会儿,他告诉老王,老年人吃烤红薯好,不光是好吃好咬,对老人的便秘也有好处。老人知道了老王家里的情况后,说老王不容易,常常不要找零钱。老王不知为什么,总觉得这个老人很亲,每天都要给他留一个烤得最透最好的红薯。这老人住哪儿,干啥的,谁都不知道,老王也从没问过,有人猜测说,看老头穿戴模样说话行事,像个老干部。

进冬数九以后,老人连着好几天没来了,老王依旧每天都给他留一个烤红薯,一直留到最后。老王还朝人打听,都说没见着老人。

报纸电视报道城市要搞卫生城大检查了。这天来了很多城管,呵斥老王不准在路边烤红薯,再看见就没收罚款。城管走后,有人对老王说:"甭理他们,卖红薯又不犯法。"

老王也想不理城管,他还要挣钱过日子,但老王胆小,他怕城管真的没收罚钱,就不敢再在路边烤红薯,他把烤红薯的炉子转移到一个远离路边的围墙拐角处,那里很僻,过往行人不容易看见,但人们却可以凭着香甜的烤红薯味找到他,老王依然有生意做,这里应该也不碍卫生城什么事。

可是城管也不是吃素的,他们也找到了老王,还把烤红薯的炉子抬走了。

老王苦苦哀求,周围人也替他求情,可谁求情都没用。老王舍不得他烤红薯的炉子,他要卖多少天的烤红薯才能买回一个炉子,他还要靠它过养家过日子。老王发疯似的护着自己烤红薯的炉子,不愿让城管们抬走,却被推倒在地上。

就在这时,一辆黑色的轿车"吱"的一声停在路边,车门打开,一个中年人搀扶着一个老人下了车朝他们这边走来。城管看见他们,立刻收了手,都停下来,注视着走过来的老人。

老王从地上爬起来,看清了老人褪色的中山装。老人在中年人的搀扶下来到老王跟前,看着他满身的泥巴问:"老王,你这是怎么了?"不知为什么,老王此刻竟有一种受欺负的孩子见到亲人的感觉,突然鼻子酸了起来,带着哭声问:"你咋好多天不来了?"

老人抓着老王粗糙的手说:"天一冷我就住了院,好多天没吃你的烤红薯,馋了,这不,今儿身上一好受,就叫儿子带我找你来了。"随后看看滚得满地的红薯问："这到底是怎么回事？"老王看看城管，胆怯地说："他们不让烤红薯。"老人像是没看见那些城管们似的说："烤红薯又不犯法，谁不让烤？"说着从地上捡起几块红薯，对老王说："你就给我烤这几块，我要带回医院吃，看看到底谁不让烤，我在这儿这等着。"

老王愣着，不知如何是好，周围有人看出了苗头，觉得老人不同一般，都对老王说："老人家叫你烤红薯，你就烤，别怕。"

老王看城管没有动静，似乎也意识到了什么，接过老人手里的红薯，打开炉门，把红薯放进炉膛里。有个城管想上前阻拦，却被城管队长制止了。随后，城管队长对手下们挥挥手，撤了。

大家都没想到城管会怕这个老人。老王把红薯烤好，包好，说啥也不要老人的钱，还是老人的儿子硬把钱塞给了老王。临走时老人对老王说："明天还来吃你的烤红薯。"

汽车开走后，众人议论纷纷，都说早看出这老头不一般，肯定以前是个老大的官。有人猜是市里的，有人猜是省里的，还有人猜到了中央。反正都说，老王这下好了，不用怕了，有人给你撑腰了。你看那个队长，原先凶得要吃人，见了老人像老鼠见猫似的，屁都不敢放一个了，肯定他是知道老人的来头的。

当天晚上，电视节目预报新闻联播后，市长要对创建卫生城发表电视讲话。新闻联播后，市长出现在电视屏幕上，市民们看到市长竟是新来的，都没见过。

新市长上来没讲创建卫生城的意义，而是从他今天到医院看望父亲说起，说父亲当听了创建卫生城的事，立刻叫陪他去买烤红薯，还说了一句令他震惊的话："一听要搞什么卫生城，就知道又有老百姓要遭殃了。"

新市长说："果然，要不是我们及时赶到，一个靠烤红薯养家的人真就遭殃了。这事叫我猛醒，我们政府所做的一切都应该是造福百姓，而不是叫百姓遭殃，创建卫生城要搞好，但也要安排好受影响的群众。"

新市长最后说："父亲从小就参加了革命，他总是爱说那句老话：当官不为民做主，不如回家卖红薯。不为群众着想的干部，是该叫他去卖红薯，不然他体会不出老百姓的难处……"

老王看清楚了，当时在场的人也都看清楚了，电视上讲话的新市长，就是陪老人来买烤红薯的儿子。

书 报亭前

学校附近有个书报亭，东方穆强常常在那里买报纸杂志，慢慢地东方穆强喜欢上了那个端坐在书报亭中的姑娘，他觉得她身上有种古典的美，而且是那么朴实单纯，她的一颦一笑都那么耐人寻味。东方每回来买报纸都会偷偷地看她，最终他鼓起勇气写了一封情书，趁姑娘不注意投进了报亭。

东方在信中留下了自己的手机号码，还说如果姑娘有意，就给自己来电话。几天来，东方再没敢去报亭，他一直惴惴不安地等待着。

没想到这天还真的有一位女子打来电话，约好时间让他在书报亭相见。东方喜出望外，好好打扮了一番，来到书报亭前。

报亭前还有站着几个年轻人。一位装束时髦的女郎从亭子里出来，冲着他们道："电话是我打给你们的，我是她表姐。你们不是都说喜欢她吗，现在我可以告诉你们，她下肢瘫痪，平时都是我送她回家，明天我要

出差,不知你们谁愿意按时来送她回家?"

　　几个年轻人先是一惊,随即立马便开溜了,只剩下东方一个人站在原处发愣。

　　"你还不走?"表姐问他。

　　"我,我……"东方不知如何是好。

　　表姐转脸对报亭里的姑娘说:"我早说了吧,这些人的话根本不可信! 你瞧——"

　　"我愿意送她。"东方突然说,"今天我就送她回家。"

　　那位姑娘拄着双拐从报亭出来,她虽不是表姐所说的下肢瘫痪,但毕竟也是腿脚不方便。东方用自行车推着姑娘,一直送到她住的小区门前。姑娘下了车拄起双拐,不让他再往里送,说以后就来这里接送行了。

　　从此东方每天都来接送姑娘,知道了她叫嫣红。嫣红也知道了他复姓东方,全名叫东方穆强,是大四的学生,不过她叫他东方,说这样顺口。表姐出差回来,东方依然继续接送。两人真的相恋了。她问他:"你真的不后悔?"他说:"真不后悔!"说罢想去吻她。她躲开了,说:"等明天,明天我会给你一个惊喜!"

　　第二天,学校突然有事,东方打电话告诉嫣红要晚些来。嫣红说刚好表姐来了,让他不要来,她和表姐一起回家。东方说他会尽量赶过来,叫嫣红等着他。

　　可是,一直等到很晚东方也没有来。此后连着几天竟都没有接到东方的电话,人也没露面。开始嫣红以为他有事,后来实在忍不住了,就打他的手机,可是却无人接听。她沉不住气了,要表姐陪她去学校找他。表姐说:"算了吧,你还是不要去,免得自讨没趣。"

　　表姐走了。嫣红心里很乱,不断地为东方不来找理由,但怎么也说不通他为什么不接电话。想着想着不禁流下了泪。这时一个小孩来,送给她一封信,说是一位叔叔让他送的。嫣红刚要问什么,小男孩转身就跑了。嫣红打开信,一看那熟悉的字迹,她激动得心都要跳出来了。信果然是东方写来的,可是没想到东方在信里竟提出要与嫣红分手,说他想明白了不愿找一个腿脚不好的妻子,还说除非将来他的腿脚也不好了,再来找她。

嫣红气哭了,想把信撕掉,最终还是留下来拿给表姐看,表姐道:"原形暴露了吧。"嫣红痛哭一场,她真不相信东方会变卦,而且会变得这么无情,但东方从此与她断了联系。

一年过去了,这天报纸上一行标题赫然映入嫣红的眼帘:抢险英雄东方来我市作报告。一年来,嫣红对东方非但没有忘却,反倒越发思念,她想见到他,想听他亲口解释究竟是为什么?虽然她知道这个英雄东方,极有可能不是她那个东方,但她无论如何要去参加那个报告会。

表姐陪她去了。当英雄出现在台上的时候,嫣红惊呆了,竟然真的是他!他身穿戎装,拄着双拐,一条裤腿是空的,却更显英气。听他报告中说,一年前,他大学毕业,当兵去了西南山区,在一场泥石流灾害中,为了抢救几个孩子,一块巨石砸在了他的腿上。

报告会结束后,嫣红同表姐来到台上,人围得很多,都是来找英雄签名的,她挤不过去,只能远远地看着。东方一抬头,看见了她,一怔,又低下头去给人签名。嫣红拿出东方写给她的绝情信,在上面写道:请英雄给我解释。然后,交给一个工作人员,请人家把信转交给他,便拉着表姐离开了。

第二天,嫣红坐在书报亭里,外面下着蒙蒙细雨,突然电话铃声响了,她拿起听筒,里面传来她熟悉的声音:"嫣红,你好!"她拿着话筒,竟哽咽了。东方说:"嫣红,别这样,对不起,我不该写那封信。"嫣红道:"你到底为什么?"东方说:"那天我接你来晚了,当我看到你从报亭里出来,蹦蹦跳跳的什么事都没有,我气坏了,于是便给你写了那封信。你为什么要欺骗我?我最不喜欢不真诚的人。"

　　嫣红终于明白了其中的原因。她抽泣道:"我是骗了你,那时候,我刚好扭伤了脚,表姐叫我趁机试试谁是真心。后来,我早想把真相告诉你,都怪表姐,非要叫我等脚伤好了以后再告诉你。那天,我说要给你一个惊喜,就是要告诉你我不会拖累你,没想到……"嫣红说不下去了。

　　东方在那边沉默了半晌才道:"没想到会是这样,怪我那时候太孩子气,也不找你问问清楚,现在后悔了。嫣红我们永远做好朋友好不好?"

　　嫣红急道"为什么? 我要永远跟你在一起,再不分开。"

　　"……我不想拖累你。"

　　"不,你信里不是说等你腿脚不好时再来找我吗,你现在在哪儿?"

　　嫣红抬起泪眼,猛然看见就在马路对面,穿一身军装的东方架着双拐,正一手举伞,一手拿着手机,站在雨中深情地看着她。

　　她冲了出去。

　　蒙蒙细雨还在下,伞,遮盖了一切……

这是怎么回事

　　下午,漂亮的女助理白玫突然收到一个短信:"玫,能否出来一下,我们找个咖啡屋坐坐,我想你。"短信是白玫的顶头上司业务主管肖鹏发来的。

　　看了短信,白玫不由得一阵脸热心跳。肖鹏是名牌大学毕业生,业务能力强,在公司很快就被提为业务主管,白玫是他的助手。肖鹏英俊潇洒,风度翩翩,至今还是孤身一人,公司里不少姑娘都对他有爱慕之心,但他总是一副严肃认真的表情,对姑娘们从来不苟言笑。白玫虽然对他也心生爱意,可看到他一本正经,一副上司领导的样子,生性高傲的她,也就把自己的爱慕之心深深埋藏起来。没想到他竟发来这样一个短信,叫白玫一时手足无措,不知如何回答。

短信的音乐声又响起来:"玫,快回答我。你定一个地方。"

白玫不明白肖鹏为何突然变得这么主动,而又这么急迫地要和她见面,她知道他一早就出去见一个大客户了,中午没回来,不知他是在哪里给自己发的短信。她摸起桌上的电话给肖鹏打了过去,可对方不接,把手机挂断后,又发来短信:"宝贝,我这里不方便接电话,还是出来吧,我想死你了。"

想不到肖鹏会用这么轻佻的语言,白玫心中有些不悦,毕竟他们之间还没有那种关系。她只好回短信道:"什么事?还是回公司再说吧。"可对方回的短信更加轻佻、暧昧。白玫来气了,抓起电话打了过去,对方依然不接,轻佻的短信又发过来,白玫只好发短信告诫对方,请他不要这样,然后是斥责,最后是严正警告,但对方根本不听劝阻,短信越发越不像话,并且公然调戏起她来。白玫气得掉下眼泪,她没想到平时看上去温文尔雅的肖鹏,竟是个道貌岸然的伪君子。她想他就是中午在外面喝醉了酒,也不该这样!

短信依然在发,还发来一些下流段子,白玫干脆关机不理了。这时,电话铃响了,白玫拿起电话,是肖鹏打来的,白玫火冒三丈,脱口道:"浑蛋!"啪的一声,把电话挂了。对方又打过来,白玫抓起电话,依然冲着话筒骂道:"下流!"又把电话挂了。电话不再打了。

下班以后,白玫上了公交车,心里还在气鼓鼓地想着刚才发生的事。哼,明天上班,看你肖鹏有何脸面见我!白玫又开了手机,想看看他后面都又胡说了些啥,谁知,刚开机不久,短信又来了。"玫,生气了? 不理我了。"白玫发短信道:"我恨不能杀了你!"这时,就听站在白玫前面的一个戴耳环,扎马尾的男子自言自语道:"嘻嘻,这小妞还挺有个性,我就喜欢这样的。"

白玫一愣,手机又来了短信:"你还挺有个性,我就喜欢这样的。"

白玫从侧面朝那男子手上一看,他拿着的正是肖鹏使用的那款手机。白玫惊呆了,突然也明白了,一下午发短信骚扰她的原来是这个人。她不清楚肖鹏的手机为什么会到他手上,但可以肯定这不是个好人。手机又开始接到那人的短信,白玫急忙往后挪了挪,与那人保持一段距离,站在别人的身后,开始用短信与他交流。她要稳住他,最后答应他去一家"迷人咖啡屋"见面。

下了公交车,白玫跟在那人后面,看着他进了咖啡屋后,便拨通了报警电话。

在公安局里,那男子交代手机是他上午偷来的,下午闲着无聊,随便翻到白玫的名字,感觉这一定是个漂亮女子,就发起了骚扰短信。白玫向警察说明了情况,把肖鹏的手机领了回来。

第二天一上班,肖鹏便推开白玫的办公室,满脸愠色地道:"昨天你是怎么回事? 为何骂人!"

白玫明知昨天是自己错怪人了,但看到肖鹏满脸怒气的样子,故意道:"你看看你给我发的短信,还问我为什么!"说着把自己的手机递给肖鹏。肖鹏一条条翻看着那些短信,不由满脸涨红,张口结舌地解释:"昨天上午我去接客户,手机在公交车上被偷了,因为事急没脱开身,还没来得及报停。那些短信不是我发的。"

白玫故作怒气,柳眉一竖道:"谁信你的鬼话!"

肖鹏急了,抓起桌子上的电话,道:"我这就找那个家伙算账!"想不到手机的铃声却从白玫美丽的皮包里传了出来。

肖鹏看着白玫的皮包,问:"这,这是怎么回事?"

白玫的脸,腾地红了,只好从包里拿出肖鹏的手机,讲述了昨天发生的事。肖鹏接过手机,突然抓住白玫的手说:"其实我早想请你到咖啡屋坐了……"

肖鹏的举动倒真是出乎白玫的意外,她忸怩着,手没抽出来,脸更红了,娇艳如花。

真是没想到,一番手机被盗,却引出一段意外情缘,谁说坏事不能变为好事。下午下班后,有人看见,肖鹏与白玫还真的去了那家迷人咖啡屋。

眼 力

老雷玩了多年的石头,成了单位里的赏石专家,凡有想买石头者,都请老雷去给参谋参谋。按老雷的说法,买石头主要靠的是眼力,你能看到别人所看不到的,才能买到有价值的石头。老雷还说,石头越挖越少,买块好石头,不光能观赏,还能增值。在老雷的鼓动下,单位里还真兴起了一股玩石热。

小高才住进新居,也想买块好石头放在客厅里。他找到老雷,请他去给看一下。老雷说:"要买就到石农家去买,市场上价钱贵,还没有好石头。"

一个休息日，小高同老雷开车来到灵璧的石农家，院子里摆满了石头。老雷因为常来，和石农很熟，高声道："老主顾又来了，有没有新出的好石头？"石农说："有一块，你看看咋样？"说着把他们带到一块沾满泥土的石头旁。那石头横卧在地上，有一米多长，半米多高。石农道："看，像不像一只麒麟？"小高看了半天，也没看出麒麟来，只轮廓有那么点意思，说像老虎，像狮子，或其他什么怪兽都行。老雷相了一会儿，问："什么价？"石农说："你是老主顾了，别人都要5000，给你就2500吧。这石头不光品相好，石质也好，刷洗干净，做个好的底座，往屋里一摆，甭提多强了。"

老雷看看小高，小高不太愿意，他感觉一个四不像的家伙，怎么会要这么多钱。老雷看出了小高的心思，对石农说："我们再看看，回头跟你谈。"石农说："好，你们慢慢看。"就招呼别人去了。

待石农走后，老雷对小高神秘地说："这石头这样看不行，你倒过来看看像什么？"小高按照老雷的指点端详了一会儿，果然看出一只凤凰，越看越像，特别是老雷用手指着的凤头处，简直是惟妙惟肖。老雷又对小高悄悄道："这是他没看出来，不然，甭说2500，就是25000，他也不会卖。玩石头靠的就是个眼力。你家孩子刚好又是个丫头，这只凤往你客厅里一摆，多好！"小高不由对老雷又感激又佩服。待石农回来后，老雷又与石农讨价一番，最后石农道："2000就2000，老主顾了，成交。"

石头买回来，清洗过后，又做了一个漂亮的底座，往客厅里一放，谁见谁夸好看。还有人想出几倍的价钱，买这只形神兼备的凤凰，小高当然不卖。

这天，小高的同学从北京来，还带来一个朋友。谁想那位朋友是个赏石界的高手，他见到小高客厅里摆放的这块凤石，相了一会儿，问："多少钱买的？"小高说了价钱，他道："不值。这石头是动过手的。"他指着凤头说，"这里完全是人工做出来的。"小高大吃一惊，忙问："你看值多少？"那朋友道："这块石头本来就没什么价值，权当工艺品吧，顶多两三百块钱也就买得到。"小高呆住了，半晌才说："我找老雷问问。"同学问老雷是干什么的，小高说了老雷与他买石头的情况，那位朋友说："你找他也没用，玩石头靠的是眼力，他不具备这种眼力，有什么办法，也不能全怪他。"小高垂头丧气，忽然想起单位里不少人，都是老雷帮着买的石头，提出带那位朋友看看。那位朋友表示同意，他是个石头迷。

吃过饭，小高带着他们先去了小冯家，小冯也有一块老雷帮着买的石头，也是花了2000元。那朋友看了，说也是动过手的；又看另外了几家，没想到，凡是老雷帮着买的好石头，几乎都是动过手的。他们不由对老雷起了疑心，那位朋友说："你们这个老雷有问题，很可能是与那个石农勾结好的。"小冯气愤地说："这个老雷，太不仗义了，咱们去找他。"小高说："你又没有证据。"

老雷到底与石农有没有勾结，成了一个谜，大家也只是猜疑，谁也没有证据。买的石头没有价值，大家只好认倒霉。小高说："看来赏石需要眼力，识人更需要眼力。"从此没人再找老雷买石头。

过不多久，小冯在奇石市场认识一个外地的客商，那客商说他的公司要修建一个花园，想收购一批奇石，只要石头好，他愿意出大价钱。小冯把他带到家里，看自己收藏的石头，没想到，那客商一眼看中了老雷帮他买的那块石头，愿意出更高的价钱买这块石头。小冯当然一口答应，又将他带到小高家，看小高那块凤石，他也看中了，竟愿意出5000元买这块凤石。小高心想，这回真是碰上冤大头了，他心里有些不忍，暗与小冯道："我想原价让给他算了，只要不亏就行。"小冯对他又是摆手，又是挤眼，事后对他说："还有你这样好心的，买石头就这样，一个愿打，一个愿挨，全在自己的眼力。我们又没有欺骗他。"

后来，小冯又带那位客商去了其他几家，那些老雷帮着买的动过手的石头，竟被客商全部以高出原来的价钱买走了。想不到，老雷还是帮

他们赚了钱,他们不再埋怨老雷,甚至又想请老雷再帮着买石头。

小高自从以那么高的价钱把石头卖出去后,心里总有些过不去,感觉对不住那位冤大头,别人都安慰他说石头市场就是这样。他没想到石头的价格会有那么大的弹性,看来要玩石头,真要有些眼力才行,从此开始研究赏石。

一天,报纸上刊登一则消息,国内一场较高级别的奇石拍卖会上,一块酷似凤凰的奇石,竟拍出 50 万的天价。小高不由得惊呆了,因为从照片上看,那块石头怎么看,怎么是他的那块凤石。他突然想起,那石头拍主的名字,不就是北京的同学带来的那个朋友吗。难道那客商是他安排的?

他给同学打电话,问是怎么回事。同学在那边道:"老同学你不是也赚了吗? 有的赚就行,要想赚大钱,得有眼力呀! 好,你要是不平衡,我叫他再给你一些补偿。"

小高冷冷道:"不必了!"便挂断了电话。他真不知道,要想看透这个世界的人和事,该练就何等的眼力。

你是我的眼

第四辑

韩国影星的粉丝

赫赫最近成了韩国一女影星的粉丝,他特别迷恋女影星那勾人魂魄的一笑,家里到处贴满了她的照片,希望能找个像她这模样的女孩做朋友,甭说,还真叫他给碰上了。

这天,赫赫挤公共汽车,瞧见一女孩像极了那女影星,特别是她还转脸冲他一笑,那勾人魂魄的样子,跟女影星一模一样,叫赫赫整个骨头都酥了。赫赫想挤过去,靠近那女孩,无奈车上人多,被人呵斥住了,赫赫只好盯着那女孩的背影。汽车停站了,女孩要下车,就在她走到车门口时,又回眸对赫赫一笑,赫赫本来还有两站,竟也急忙拨开乘客挤下车去。

那女孩在前面走,赫赫就在后面跟着,女孩走得快,他走得也快,女孩走得慢,他走得也慢。其间,那女孩还几次回头看赫赫,冲他迷人一笑,赫赫似乎被勾走了三魂七魄,整个人都晕了。跟着跟着,前面出现了一个别致的建筑物,那女孩走了进去,赫赫也晕乎乎跟着往里走,谁知被一个老大妈拦住道:"错了,你该走那边。"赫赫一惊,抬头一看,竟是公共厕所。

赫赫满面通红,退回来,躲在一旁候着,等女孩出来,他又跟着走。穿过大街,走过小巷,其间,那女孩又几次回头冲他笑,赫赫胆子就大起来了,正想追上她与她搭讪,谁知那女孩进了一个门洞,这回赫赫没贸然跟进,他仔细看了看门洞两边的牌子,天哪,是派出所。赫赫吓坏了,不知她进这里干吗,不会是告自己跟踪她吧。赫赫想跑,不过想想自己又没对她做什么,她还不断地对自己笑,应该不会有什么事吧。他躲在路边,倒要看看她想干吗。不大一会儿,女孩从派出所出来了,好像没啥事,赫赫又继续跟着女孩走。天色渐渐暗下来,前面来到了一个僻静处,赫赫想不能老这么跟着了,便快走几步,想上前打招呼,与她认识认识,谁知那女孩回头一笑,突然跑了起来,赫赫在后面喊:“哎——你别跑!”大步追到了女孩前面,拦住了她,只见女孩望着他一个劲笑,赫赫来了勇气,抓住女孩的手,还没来得及说话,就听女孩大喊:“非礼啦,非礼啦!”这时,从后面飞跑过两个人来,一把把赫赫扭住,带到了派出所。

进了派出所,赫赫才知道逮他的人是警察。原来那女孩刚才进派出所就是报案的,说有人跟踪她,民警叫她别害怕,继续在前面走,尽量往僻静处走,他们会在后面保护她,等有了证据把歹人抓住。就这么把赫赫逮住了。

赫赫在派出所里不停地向民警解释,说他不是歹人,绝不是耍流氓。民警问他:“那你为啥老跟踪人家?”赫赫叹口气,说出了自己的理由。他说他是韩国某女星的粉丝,说那女孩长得太像那个韩国女星了,“特别是她还老冲着我笑,你们看,到现在她还冲我笑呢。”民警一看,也是,那女孩子一直在看着赫赫笑。

民警责问女孩:“你干吗老对着他笑?”女孩说:“我哪里是笑,我想哭还来不及呢。”女孩说了她的苦恼。女孩也是那个韩国影星的粉丝,特崇拜她,特想变成她的模样。前不久,韩式美容整形基地来了一位据说是国际整形泰斗,女孩便拿了韩国女影星笑得最勾人的那张照片,找到整形泰斗,要泰斗把自己变成女影星的模样,泰斗的技艺果然国际一流,不但把女孩变成了女星的模样,还把女星那勾人的笑靥也固定在了她的脸上,这一来倒好,女孩无论对谁都在笑……听到这里,民警也乐了,这才明白女孩说话的时候为什么一直在笑,想起了刚才她来报案的

时候也是这样，只是他们没太在意罢了。

既然是这样，小伙子看来是误会了，误会者无罪嘛，民警准备开释赫赫，谁知那女孩不愿意："我还没说完呢。"大家只好继续听她说。

"因为我老是在笑，就经常有许多不怀好意的人跟踪我，还说是我勾引他们，我找整形基地，要他们赔偿我的精神损失，他们不同意，说是按照我拿来的照片给我整的形，另外他们也不相信会有那么多人骚扰我，一气之下，我就把他们告上了法庭，法庭叫我找个证人来，警察叔叔，你们就叫他给我当证人吧。"

民警听了，哈哈大笑，对赫赫说："那好，你就去跟她做个证人吧。"

"啊！……"

赫赫张口结舌，目瞪口呆，双手乱摆做出推辞的样子，谁知女孩冲他一笑道："你就答应吧，谁叫咱俩都是她的粉丝呢！"

你是我的眼

夕阳映照着湖面，凡坐在轮椅上，望着堤岸下平静的湖水发呆。

凡本来是一个非常帅气的小伙子，大学才毕业，绚丽的人生刚刚展开，一场灾祸却使他下身瘫痪，失去了生活的勇气。几天来，他一直徘徊在湖岸，想结束自己的生命，可又留恋亲人和这个美好的世界，他还没恋爱过，他多想有一个美丽的恋人，有一场刻骨铭心的爱。然而，一看到瘫痪的下身,便意识到一切都不可能了,世界再美好对他已失去了意义,他还是决定结束这一切。

当他闭上眼睛,再一次准备冲下湖岸时,一双手从背后死死拽住了轮椅。

他转过身,看到一位姑娘,愤怒地朝她喊:"你管什么闲事! 放开手! "

那姑娘松开手,站到他前面道:"你这是为啥? "

"我这样活着还有什么意思。"他两眼通红。

姑娘看了看他的双腿说:"你也比我要强多了。"说完,竟捂住脸呜呜哭起来。

他一惊,连说:"你你……"竟不知如何是好。

姑娘哭了好一会儿,才起身道:"我的眼睛就要失明了,再看不见这个美好的世界了! "

"不可以治疗吗?"

姑娘摇摇头:"医生说我的眼睛是治不好的。"

他望着姑娘的眼睛,就像清澈的湖水,怎么就会失明呢?姑娘转身望着遥远的湖面,她穿一身洁白的衣裙,一根红丝带扎起了柔发,微风显露出她窈窕的身姿,那么美,楚楚动人。

姑娘转身对他说:"你比我强多了,我都不放弃,你还是个男子汉。"

她的话把逗他笑了。他没想到一个就要双目失明的女孩子还会那么乐观。他们聊起来,他告诉她自己的名字,她说她叫杨扬,两个人合起来刚好叫"扬帆",他们一直聊到很晚,夜幕降临,她推他走下湖岸。

以后,他们经常在湖岸见面。她喜欢唱歌,唱给他听,他说还从未听过这么好听的歌,说她应该做一个大歌星。他每天都想见到她,见到她就无比快乐,忘记了痛苦,他就有了一个想法。

这天,他来到湖岸,看到她正在望着远方出神。他悄悄停在她身后,听她深情道:"……群山起伏,湖光潋滟,白云悠悠,渔帆点点,啊! 这世界多美好,我要把你永远记在心间……"

她的声音充满了忧伤,充满了对这个世界的无比眷恋,他不由得一阵难过,真想用自己的生命换回她的光明。他冲动地在后面说:"杨扬……我们永远在一起吧,我就是你的眼。"

姑娘转过身,朝他勉强一笑:"这不行……"

"为啥?"

姑娘看着他,眼圈有点红:"这不可能……"说罢,竟扭头跑了。

他无法猜透她的心。从此,湖岸上再也没见到她。

一天,他从湖岸回来,母亲告诉他一位不认识的姑娘送来几张剧票。他立刻想到了她,破灭的希望重又点燃。

晚上,他同父母来到剧院。海报上介绍,这是省歌剧院新排的歌剧《你是我的眼》。剧场里人到得很多,他左顾右盼,却不见她的身影。

帷幕拉开了,背景出现湖水、远山,碧波荡漾,渔帆点点,在令人心颤的乐曲中,女主角出现在舞台布置的湖岸上。

他愣住了,不敢相信自己的眼睛。她还是那身打扮,洁白的衣裙,红丝带扎起柔发,微风轻轻吹拂着她。她朝他这边微微一笑,放开优美动听的歌喉。

剧情讲述的是一个美丽的将要双目失明的姑娘,终于又鼓起了生活的风帆,并得到了催人泪下的爱情。她演得那么好,那么真实可信,感人至深。他看到许多人边看边擦泪水,包括他的父母。剧终,全场为之动情,报以经久不息的掌声。

尽管他也流了泪,但他没有鼓掌。他感觉自己受到了欺骗,她根本不是什么双目失明,而是在演戏,是在拿他来做生活体验。那天,她在湖边说的那段令他潸然泪下的话,竟然是在背台词。他认为她亵渎了自己的感情,亵渎了自己那份最圣洁的爱!此刻,他真想找一个没人的地方痛哭一场。然而,现在的他,在经历了那一场虚幻的人生戏剧之后,毕竟变得坚强起来;同时,剧中的姑娘也深深地打动了他,他把自己的梦中情人,用她替换了剧中人。

他不再去湖岸,不打算再见到她。他开始学习文学创作,开始扬起新的生活的风帆。

半年以后,突然,一位自称是省歌剧院的人给他送来一封信,他看着信封上那娟秀的笔迹,心中一阵狂跳,似乎预感到了什么。他用颤抖的手打开信,信中写道:

"凡,你好! 也许你还在生我的气。是的,我是欺骗了你,但我不是故意的。那天,我到湖岸边体验生活,刚好碰到了你,为了打消你的念头,我便借机发挥了一下。然而,有一点我没骗你,我确实是得了绝症,只不过那不是眼症,而是要夺走我生命的不治之症……"

一阵天旋地转,一种从没经历过的难受,紧紧扼住了他,那不是肉体上的痛苦,那是一种灵魂出窍却又无所归依的痛苦。

他坚持着往下看,"那天,当你说要永远和我在一起,你是我的眼时,我几乎想抱着你痛哭一场,我宁愿双目失明,也不想离开这个世界……可是,命运却不给我这份福气。

"凡,当你看到这封信的时候,我已经离开了这个世界,但我不再有遗憾,因为我得到了爱,在我短暂的生命里,我毕竟也爱过了。

"我瞒着剧院的领导,坚持演完了这个角色。我希望你能像我所演的剧中人一样,热爱生命,热爱生活,热爱这个美好的世界,得到自己的幸福……"

泪水湿透了信纸,最终他泣不成声。

从此,湖岸上每天都会出现一个坐轮椅的青年,他正在写一部作品,名字也叫《你是我的眼》。

6 66路公交车上

　　电视台年轻漂亮的女记者冬冬今天出门办事,要乘坐666路公交车。冬冬在车站等了很久,才开来一班。冬冬早就听台里调皮的禾禾说过,666路汽车虽然人少车稀,但坐这趟车的大多是老年人,所以禾禾坐这趟车从来有座位也不坐,省了不停地起来让座。

　　现在冬冬上了车,想到禾禾的话,就朝最后的一排座位走去,她想,要让座也都是先从前面的年轻人开始,说不定轮到她时,已经该下车了。

　　车开动了,果然一路停靠车站,不断有老人上来,前面的年轻人不断起来让座,没开几站,冬冬也把自己的位子让了出来。冬冬抓着栏杆,随车摇晃着,看着满车座位上的老人,突然跳出一个有趣的想法,下站再上来一个老人,该如何让座呢?

　　车又靠站了,没人下车,却上来一位戴老头帽、留长胡子的老人。那老人颤颤巍巍地上了车,望望整个车厢,坐着的都是老年人,也就没往后面走,就近抓住了车窗边的栏杆。冬冬没想到自己刚才的想法果然应验了,正感觉可乐,就看见一个老人从座位上站起来,对长胡子老人道:"老哥,你来坐吧。"长胡子老人看看给他让座的也是一位老年人,忙摆摆手说:"你坐你坐,我咋能叫你让座呢。"让座的老人问长胡子老人道:"老哥今年高寿?"长胡子老人用手比画了个八字:"86了。"让座老人道:"我今年79,你比我大,还是你来坐吧。"让座老人硬是要长胡子老人坐到了自己的座位上。

让座老人刚刚安排长胡子老人坐好，一旁又站起一个老人，一把拉着让座老人道："来来来，老哥，你79，我71，我来让你。"一旁又站起一个老人道："我69，我让你。""我68……"

这一让不要紧，就像推倒了一块多米诺骨牌，一车的老人便都纷纷开始报自己的岁数，形成了一股让座的链条。让到最后，竟有两个岁数相当的老人，开始相互询问对方的生日大小，谁都不愿坐在那个空出来的位子上。

看着这一幕，冬冬感动极了。正这时，只见那个长胡子老人，突然从座位上站起身来，动作极为快速敏捷地来到正在互相推让的两个老人身旁，把其中的一个扶到自己刚才坐的位子上，然后对转过身，对全车的老人道："谢谢大家！其实我不是一个86岁的老人，我是电视台的记者，早就想报道一下666公交车上的好风气，今天是特意化装前来乘车采访的。我真的是被你们感动了，谢谢！"说着，他深深鞠了一躬，摘下了胡子，掀开了帽子，漂亮的冬冬一愣，看清了他竟是调皮的禾禾。

车厢里响起了一片欢笑声。

爸爸的妙招

小影和大勇从小一块长大。小影上了本地的一所大学，大勇不爱学习，高中毕业后，就在父母单位找了个打杂的工作。

小时候,青梅竹马,两小无猜,这会儿大了,小影已出脱得如花似玉,大勇就对小影心里有了那个意思。

这不,下班以后,大勇就经常去小影家坐坐,他们住一栋楼,抬脚就到。开始,小影还是像平常一样待他,后来,看出了他那点意思,小影就不乐意了,她不喜欢学习不好的人。

大勇还是一如既往地去小影家。小影再见他来,就不大爱搭理他了,有时甚至躲到自己房间,关起门来。大勇便自找台阶,跟小影妈妈说话,看有什么活,还帮着做。

小影后来就跟妈妈发了脾气,说:"他天天来我们家,算啥?叫外人看了,还以为我们怎么样呢。"要妈妈不要再理他。小影妈妈也嫌大勇没出息,她当然不希望女儿找这样的朋友,一想女儿的话也有道理,于是,大勇再来,小影妈妈也没了好脸色。

大勇倒是不怕挫折,他将目标又转移到了小影爸爸身上。每逢小影爸爸在家,大勇准来,一边跟小影爸爸没话找话,一边用眼睛寻找小影。

小影对爸爸也提出了抗议,嫌爸爸对他太热情。爸爸说:"毕竟都是老邻居了,大勇也是看着长大的孩子,怎么好意思不理人家。"小影说:"他天天来,人家还以为我跟他谈朋友,要问起来,叫我如何解释。"爸爸说:"叫我好好想想,用个什么办法叫大勇自己明白。"

第二天,爸爸说:"昨晚我想出个妙招,准保大勇会明白。"小影和妈妈都急着问什么妙招。小影爸爸神秘道:"到时候你们就知道了,今晚大勇再来,你们可要对他热情些。"小影都急死了,早早就盼着天黑,大勇快来。

到了晚上,大勇果然来了。按照爸爸的嘱咐,妈妈不再冷淡,小影也不再躲藏。母女俩对大勇表现出异乎寻常的热情,令大勇受宠若惊。

大家在客厅的沙发上坐下来,小影还端来水果,放到茶几上,她和妈妈就等着看爸爸的妙招。可是爸爸却和大勇闲聊起来,等了老半天,也不见爸爸有什么妙招。小影急了,频频给爸爸使眼色,叫他赶快出招,可爸爸硬是装作看不见,继续和大勇聊。

聊着聊着,就聊到大勇将来的前途上。小影爸爸问大勇将来有什么打算,难道甘心一辈子打杂。大勇说,当然不甘心,一定要好好干,将来要有出息。小影爸爸鼓励他道:"有这个想法好!不过将来要有出息,一定要从现在做起,你还年轻,要好好学习。"大勇点点头,表示愿意学习。小影爸爸又说:"现在是个改革开放的年代,我们国家已经和国际接轨了,学好外语特别重要。来,让我考考你,外语单词还记得多少?"说着,就指着果盘里的苹果问:"苹果英语里怎么说?"大勇挠着脑袋,吭吭哧哧说不出来,道:"这个,这个……好像没学过。"小影在一边道:"怎么没学,初中就学过了。"接着用英语读了出来。大勇脸通红。小影爸爸又指着香蕉问:"香蕉学过吗?英语怎么读?"大勇还是吭吭哧哧说不出。小影又在一边用英语读了出来。大勇的脸更红了。小影爸爸拍了拍沙发道:"这个好说,沙发怎么读?"大勇的脸已憋得像个下蛋的公鸡,还是不知道。小影说:"沙发就念沙发,这是个外来词,音译过来的,连这个都不知道!真……"下面差点把笨蛋两个字说出来。小影爸爸依然接着问下去,大勇再也坐不住了,起身道:"陶伯伯,我要回去了。"小影一家人都热情地挽留他,他还是执意要走。

小影爸爸把他送到门外,再三叮嘱他:"回去好好把这几个单词背一下,下回来我还要再考你。"

关上门,小影笑弯了腰,她终于明白了爸爸的妙招。

果然,大勇从此不再上门。小影真是佩服爸爸的妙招,一再问爸爸是如何想出来的,爸爸只是笑而不答。后来还是妈妈告诉小影:"当年我们上高中时,你爸追求我,落下了功课,你外祖父就考过他,他受到刺激,才考上了大学。"

小影听了"哎哟"一声说:"要是大勇受了刺激,回去发奋,明年考上大学再来找我怎么办?"

妈妈说:"傻丫头,他要是出息了,难道你还不喜欢他。"小影想了想说:"那就到时候再说吧。"

不知道大勇受此刺激能发奋吗？要知道还有一个小影在等着他。

海子请客

海子和村里的三个伙伴这回进城,好多天了都没找到工作,看看兜里的钱所剩不多,心里那个急呀！大家就说好,先各找各的吧,谁找到工作谁请客。

海子跑了一天,也没有头绪,心情郁闷,一个人溜达着进了公园。

因为不是双休日,公园里人不多。海子百无聊赖地坐在秋千架上,看到一个小女孩从远处跑来,边跑边回头喊:"妈妈,我要打秋千。"快跑到跟前时,突然跌倒了,海子急忙跳下秋千抱起她,小女孩本来咧嘴要哭,但看到海子冲她做鬼脸,竟然破涕为笑。年轻的妈妈赶过来,连声感谢,海子抱小女孩到秋千上,本想离开,没想到小女孩却拉着海子不让他走:"妈妈,我要大哥哥推我。"年轻的妈妈有点尴尬说:"叔叔有事,我推你。"可小女孩撒娇不愿意,海子道:"好好,我推你玩一会儿。"

海子推着女孩荡起秋千。年轻的妈妈非常感激,与他交谈起来,当了解到他找工作的情况时,指指小女孩道:"听她爸爸说,他们办公室需要一个勤杂工,你要愿意,我叫他跟单位领导说说。"海子当然愿意,年轻的妈妈要了他的联系方法,说有消息就通知他。海子高兴极了,回来后,神秘地对他们三个说:"我要第一个请客。"

没几天,那位年轻的妈妈联系上了海子,把他带到丈夫单位。那是一家国有企业,她丈夫是单位办公室主任。办公室主任同海子谈过话,交代完工作,海子就成了这家企业的一名临时工,虽说是勤杂工,但毕竟在办公室,比他以往找的任何工作都强多了。

海子非常珍惜这份工作,他干活特别卖力,头脑又灵活,受到了众人的夸奖。办公室主任也很欣赏他,渐渐地竟也交给他一些重要任务。单位里常来一些上级部门的工作人员,有时候人手不够,主任就叫海子帮着接待,这样有时他也跟着去了一些饭店,吃过一些高档的宴席,回来跟伙伴们一吹,他们都羡慕死了,都对他说:"苟富贵,莫相忘。"

其实,海子真的很想请伙伴们去一回自己去过的那些个高档的饭店,虽然他已经请过客了,可那只是请伙伴们在马路边吃了一顿羊肉拉面。

这天,上面又下来一些工作人员,主任因为有事出去,便把晚上招呼吃饭的事交给了海子。饭店是主任事先订好的,是全市最豪华的大酒店,主任临走时还特别叮嘱他:"今天来的工作人员全都要招呼到,一个也不能少。"

主任办完事后,直接赶到酒店,在酒店门前等候单位领导和上级工作人员。他定了酒店里最大的包间,大包间的餐桌能坐十五六个人。

没多久,单位的车子到了,停在酒店门口,海子带着工作人员从车上下来。这时主任发现了一个问题,那从车上下来的人员里有三个不像是上级派来的,穿衣打扮倒像是农民工。

主任愣了,这是怎么回事?

主任把海子叫到一边,指着那三个人问:"他们是怎么回事?"

海子道:"他们也是今天来的工作人员。"

"来干什么的?"

"是来给单位掏下水道的。"

事情说来有趣,就在海子招呼上级工作人员去大酒店时,忽然听到有人喊他,一看,竟是自己的三个伙伴,是行政科今天去劳务市场把他们招来掏下水道的。伙伴们问海子干吗去? 海子说去大酒店。他们开玩笑说,我们能跟着去吗? 海子稍微怔了怔,脑子里也不知触动了哪根弦,竟挥挥手说:"来,都上车吧。"三个人都愣住了,不相信海子说的是真话,谁也不敢上车。海子毅然决然道:"还愣什么,快上车呀。"海子想,反正房间那么大,每回饭菜都剩下那么多,也不在乎多来他们三个。于是,海子就行使了一回主任给他的权利,带着他的农民工伙伴来到了大酒店。

主任涨红了脸道:"你,谁叫你把他们喊来的!"

"你不是说,今天来的工作人员全都要招呼到吗? "阿海子表现出挺委屈的样子。

主任气得差点没背过气去:"他们是工作人员吗? "

"难道农民工干活不算工作? "海子低声嘟囔。

主任一时语塞,竟无话反驳,只好道:"好好,你带他们去那边大厅吃饭吧,回头我一块结账。"

海子对伙伴们挤挤眼,带着他们去大餐厅里吃了一顿饭。虽然这里的饭菜没有包间里的丰盛,但相比他们吃过的饭店来说,那真是一个天上一个地下了,他们还是头一回在这么高档的地方吃饭,伙伴们对海子真是又感激又佩服。

海子不无得意地说:"以后有机会,我还要请你们来这里吃饭。"

其实,海子心里知道,这可能是他最后的晚餐。多好的工作,就要给他弄丢了,真是可惜! 不过,海子又特开心,因为他终于叫自己的伙伴们进了一回高档的饭店,而且还叫他们当了一回工作人员,他觉得值!

他想叫所有的农民工,都当上工作人员。

逃票的汉子

公共汽车靠站的时候,上来一个衣衫破旧的汉子,上车后既不刷卡也不投币,司机便注意上了他。

人上完了,他依然没有买票的打算。

没买票的,快去投币。司机道。

我是公交的。那汉子说。

拿证件看看。

忘记带了。

那不行,不买票就下车。司机口气很硬。

那汉子干脆不理了。司机也就不开车了。

乘客们急了,纷纷指责那汉子,催他买票。那汉子瞪起眼,我是公交的,不用买票。

没见过如此不讲理的,乘客们气坏了,但那汉子又黑又壮,铁塔似的,谁也不敢把他咋样。有人说打110,有人要司机把车开到公安局去。这时,一个孩子从后面站了起来,手里拿着一枚硬币。司机叔叔开车吧,我给他买票。

看那孩子也就八九岁的样子,有人拉他,不让他替汉子买……其他人也附和。

那孩子挣脱着众人的拉扯，非要去投币。那汉子扭头看了孩子一眼，转身下车了。

汽车开了，人们纷纷夸赞孩子，随后便开始贬损那汉子。

一块钱的车票也买不起！

他就不值一块钱。

话越说越难听，突然孩子说，叔叔阿姨，求你们都别说了，他是我爸爸。

乘客们全愣住了，孩子流下眼泪，爸爸带我看病去的，身上就两块零钱，叫我来回买票，他自己看能不能混过去。

没钱咋给你看病？

他有张一百的，不舍得拆开。

车厢里顿时静下来。突然有人指着车窗外，那不是他吗。大家朝车窗外看去，只见那个逃票的汉子，正在人行道上追着汽车奔跑。

车停下来，司机打开车朝那汉子喊，你上来吧。

车上的人都跟着喊，上车吧！

是伟大的父爱感动了大家，原谅了这个逃票的汉子。

有什么事吗

他来了又走了。

我知道他是一定要来的。

自打我调到了市里的中枢首脑机关，原先一个矿的亲朋好友、左邻右舍都来过，都提过这样那样的要求，都托过这样那样的事情。

妻说，这样长了还真不是个事，才当没几天的领导，影响多不好。

我说，也是。可有什么办法，慢慢疏远吧。

唯独他没来。

但我知道他是一定要来的。

因为他是我最要好最要好，从小在矿上一块光屁股长大的伙伴。8岁那年，在塌陷区的水里学狗刨式，他还拉过我一把。我跟妻逗笑的时候说，不是他，咱俩早就拜拜了。

所以，我知道他是一定会来的。

他果然来了。但直到现在，我都不明白他为啥来？甚至不清楚他都说了些什么？我糊涂了，问妻。

妻说，不知道，好像没说什么吧。

我说，不会吧，整整一天又一个晚上，咋会啥都没说呢？

于是，我一点点回忆。

好像问过我们的父亲母亲。

问过我们的孩子。

还说起过我跟妻谈对象那会儿的事。

还有他和我小时候一块偷瓜摸鱼，叫农民逮着扒了裤头的事。

还有……对了，他还给我们带来一包大苹果，说矿上的苹果要比市里的便宜。

好像别的就没什么了。

还睡了一觉。夜里我翻来覆去，他倒头就呼噜，一早就回了。

他来干啥？我问妻。

你为啥不问问他？妻问我。

其实，在我送他到汽车站的时候，我问了。我问他，有什么事吗？他满脸疑惑地看看我,转身上了汽车。

现在我才感觉,这似乎是最愚蠢的问话。

你 还年轻

表哥单位处理一批旧门窗,我跟表哥去挑了两扇门。表哥去开票,我在旁边守候。

过来一老头,指着我挑的门,这是我昨天挑的。

我好笑,你老眼花了吧!

可不是我昨天挑的咋的,老黄和我一块抬过来的。

又搬出个老黄。我又好气又好笑,那咱俩发个誓,看到底是谁刚从那边抬过来的!

当无法证明时只好这样。

要这么说,你还今天还就不能把门拉走! 老头火了。

旁边的人都围上来,表哥也跑过来,叫那老头,周师傅,这是我表弟,咋回事?

老头道,他不太讲理,本来这门是我给亲戚挑的,亲戚又不要了,刚才我不过随口说了一句,他就跟我发誓,要这样今天还就不能拉走。

老头还真倔,我哭笑不得。这时有人道,周老头,你昨个儿挑的门,早叫人拉走了,这门是我亲眼见他哥俩刚刚抬过来的。

你放屁！老头发怒了，我挑的门，我不认识！

来来，你过来认认，这是你挑的吗？我也有些恼火。

表哥拉了我一下，和气地对老头说，周师傅，你老别生气，他年轻不懂事，别跟他一般见识！你看，这门你还要不要？你要是还要，我们再另外去挑，一会儿帮你一块拉走好不好。

听表哥这样说，我正要申辩，表哥狠狠瞪我一眼，制止我再说话。

不要不要，你拉走，要你这么说，啥事都没有了。老头顿时对表哥和颜悦色，又问，开好票了吗？

表哥说，票开了，我正要去找车。

走，跟我去，我给你找一辆。

表哥跟老头去了，一会儿借来辆三轮车。

回来路上，表哥对我说，只要拉回门来，把事办了就行。你让老人几句又如何？

表哥还说，你还年轻。

重点保护

这边放假，那边有朋自远方打电话来，邀我去他那里小住。那是打小一块玩，现在远在外地已好多年没见面的朋友。我答应下来。

这回出门时间要长一些，临走的时候，总想要交代一些什么，想了想,唯有院子里的那些宝贝盆景,我放心不下。妻不喜欢这些东西,说都是些烂树枯枝,我担心没人浇水,再三叮嘱妻子,直到妻不耐烦地说:"你放心!你放心!"

不过,我还是不放心,我知道她没有给盆景浇水的习惯,一忙起来,会把承诺忘得干干净净。于是,我把最喜爱的一盆榆树盆景搬进屋里,放在活动间的茶几上,对妻子说:"这是我重点保护的盆景,你每天走来走去看见它,就不会忘记浇水了。"看看万无一失,我才放心去了远方。

一个月后,从外地回来,一进门,妻就不停地冲我笑。我知道她笑准没好笑,每回弄出糟糕的事情,妻都用这种方式来化解矛盾。突然,我想到了盆景,急忙放下包,跑到院子里,可眼前的那些宝贝,依然是枝繁叶茂,生机勃勃。我放心了,折回来问妻子:"你笑什么?"妻指着茶几上那盆榆树盆景略带歉意地说:"忘浇水了。"

我这才发现那盆我最喜欢的要重点保护的老榆树已全枯萎了。因为活动间里较暗,刚才没有注意。我痛心疾首地问:"这是怎么回事?你光浇院子里的,忘记浇它了。"

妻说:"不是,你走的这段日子经常下雨,我也就没浇水,谁想却把它给忘了,等想起来时,已经晚了。"妻做出很无奈的样子,最后又指责我说:"你要是不把它搬进屋里重点保护就好了。"

我瞠目,竟无话可说。

我去天上白云飘

本来羔羊是多么幸福，草原那么大，草儿那么鲜美，它和那么多的羊儿一块儿玩耍，一会儿依偎着羊妈妈撒娇，一会儿跟着羊爸爸奔跑，自由自在，无忧无虑，就像蓝蓝的天上白云飘。

可是来了几个人，要买走爸爸妈妈。羔羊害怕极了，咩咩地叫着，跑出羊群，冲破阻拦，非要跟着爸妈走。主人没有办法，对那些人说，把它也算上吧。那些人就给主人又加了点钱，把羔羊一家都拉走了。

它们被装上卡车，拉到一个陌生的地方。就在当天晚上，羊爸爸被拉出去了，再也没回来。羔羊不停地问妈妈，爸爸去哪儿了？妈妈什么也不说，只是流泪，流了一晚上。羔羊就知道是怎么回事了，它已经开始懂事了，它听长辈们说过，被宰杀是羊最后的归宿，谁都逃脱不了这个命运。一想到这，羔羊全身觳觫，瑟瑟发抖，它害怕再失去妈妈。

第二天，羔羊和羊妈妈又被装上卡车，不知开往什么地方。卡车是在朝一个山里开，沿途田野里长满了青草和野花，可羔羊一点儿也高兴不起来。突然，一个指向动物保护区的路牌出现了，还有横幅标语：保护动物，就是保护人类自己。羔羊突然意识到它和妈妈有救了。

羔羊对妈妈说："妈妈。人类要保护我们了。"

"不会的，孩子……"羊妈妈不忍告诉孩子，就在昨晚它还闻到了羊爸爸被烧烤的味道。

"妈妈你看。"羔羊叫妈妈看路牌和标语,"他们是要把我们送到动物保护区的,咩——我们得救了,要被人保护了。"羔羊高兴地叫了起来。

羊妈妈不相信,它早就看见了路牌和标语,可它不相信。羊妈妈不愿让孩子失望,只好无语疼爱地看着羔羊。

保护区到了。羔羊和妈妈被牵下了车,拴在保护区栅栏外的一棵小树上。栅栏外围满了人,都是来看动物的。

羔羊问妈妈:"妈妈,为啥不把我们送进里面?"羊妈妈忧郁地看着孩子,它有种不祥的预感,不知道该如何回答。

又一辆卡车开来。卡车上抬下一个铁笼,铁笼里关只老虎。铁笼被一直抬到保护区里,笼门打开,可老虎却懒洋洋地不愿出来,最后还是有人用棍子才把老虎驱赶出铁笼。

老虎在保护区的草地上慵懒地走了几步,就卧倒在一块山石上。

一个人说:"看来这老虎失去了野性,很难放归山林了。"

另一个人说:"试试看吧,只要能学会捕食就行。"

里面的人就对外面喊:"牵只羊进来。"栅栏外的人就去捉羔羊。羊妈妈的预感应验了,它奋力地用身子挡住孩子。

"把两只羊一块放进去得了。"

羔羊终于知道了人类不是要保护它们,咩咩地叫着妈妈。羊妈妈可怜地望着羔羊。

两只羊都被放进了保护区里。

有人开始驱赶老虎。老虎爬起来,朝羊走去。

羔羊害怕地依偎在妈妈身边,怯怯地盯着老虎。羊妈妈用身子护着羔羊。

人还在把老虎往羊那边驱赶。

老虎摇了摇脑袋,准备扑向羔羊。羊妈妈弓下头,用犄角抵向老虎。老虎败退下来。

人还在继续驱赶，可老虎始终害怕羊妈妈的犄角，望而却步，僵持着……

人终于意识到，失去野性的老虎竟然不是羊妈妈的对手。

人终于下手了。一杆猎枪，击断了羊妈妈的双腿，羊妈妈倒下了。

老虎嗅到了血腥，在人的驱赶下，扑向羔羊。羊妈妈悲哀绝望地看着自己的孩子，它知道自己再也无力保护羔羊了。羊妈妈凄惨地叫着："咩咩——快跑，孩子，快跑……"泪水从妈妈眼里流出。

羔羊朝山上跑去。羔羊的逃跑诱发了老虎的野性。羔羊哪里跑得过老虎。凶猛的老虎腾空跃起，扑倒了羔羊。锋利的牙齿咬进羔羊的脖颈，鲜血染红了雪白的羔羊。

羊妈妈悲惨地叫着，匍匐跳跃着，想保护自己的孩子。羔羊听到了妈妈那凄惨的叫声，无助地咩咩叫着妈妈，它看不到妈妈，看见的是蓝天上的白云，它多想跟妈妈去做那天上的白云，到了天上就安全了，不再受伤害了。它不明白人类为什么不愿保护羊儿？羊那么软弱，那么善良。

羔羊就要死了，死了就可以到天上去做白云了。

这时，羔羊听到了栅栏外一个孩童的声音："妈妈，为啥要让老虎吃小羊，人类不是要保护动物吗？"

"人类保护的是老虎。"

"为什么保护老虎不保护小羊？"

"傻孩子，老虎稀有，老虎珍贵呀！"

"不，妈妈——"那孩子哭了，"我就要保护小羊，打死老虎……"

羔羊听到了孩子的哭声，它用最后一点儿力气朝栅栏外看去，它看到了那个想保护自己的人类的孩子，那个孩子也在流着泪看它，两双纯净的眼睛紧紧相望着。

"谢谢你！别哭了，我就要去天上做白云了……"

羔羊在心里对那孩子说着，慢慢合上了眼睛。